陰キャだった俺の青春リベンジ4

天使すぎるあの娘《こ》と歩むReライフ

慶野由志

JN104031

角川スニーカー文庫

23682

CONTENTS

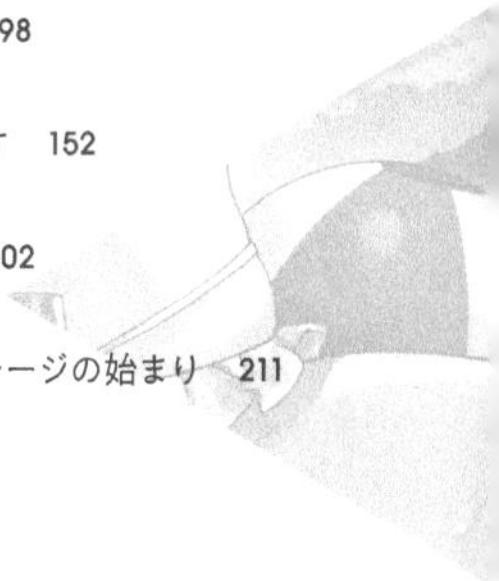

illustration by たん旦
design by 小久江 厚（ムシカゴグラフィクス）

▶プロローグ◀　この灼熱の夏に最後の思い出を

俺こと新浜心一郎《にいはましんいちろう》は、タイムリーパーだ。

何故そんな事が起こったのかは本当に謎なのだが……意識と記憶はそのままに、三十歳から高校二年生へと時間遡行《そこう》した身の上である。

そしてその俺は今、自宅の居間でソファにだらーっと寝そべっていた。

現在は夏休みであり、俺は極めて穏和な日々を享受している。残業中に過労死した元社畜としては、この一ヶ月にも亘《わた》る懐かしき長期休みが骨身に染みる。

(夏休みっていいよなぁ……社会人になったら、もうこんな長い休みなんて定年退職するまであり得ないもんな……)

胸中で呟《つぶや》きつつ、夏真っ盛りな窓の外をぼんやりと眺める。

太陽に灼《や》かれた地面から陽炎《かげろう》が立ち上っており、青い空の上には大きな入道雲が広がっている。そして車が行き来する音にセミがミンミンと鳴く音が交ざって響き、これ以上ないほどの『日本の夏』という雰囲気を醸し出していた。

「それにしても、ついこの間に紫条院《しじょういん》さんとこのソファで一緒に寝たなんて……本当に信じられないな……」

思い出すのは、つい先日に俺の想い人である紫条院春華《はるか》とこの家で一夜を明かした時の事だった。

災害的な豪雨により、紫条院さんは緊急避難的に新浜家に泊まる事になったのだが——

（とんでもなく濃い一日になったよな……。風呂場《ふろば》でアクシデントがあったり一緒に夕飯を作ったり……夜にはこのソファで遅くまであれこれと話をして、最後は二人してうっかり寝落ちしてしまって……）

紫条院さんは学校一どころか、世界でも五指に入るのではと思える美貌《びぼう》を持つ。

宝石のように煌《きら》めく大きな瞳《ひとみ》、艶《つや》やかなシルクのような黒髪、豊満すぎる双丘、黄金比で配置された目鼻立ち、白くて滑らかなミルクの肌——何もかも美しい。

しかも、美しいのは容姿だけじゃなくて心もだ。とても優しく純真無垢《むく》で、天然ボケなところもあり思わず抱き締めたくなるほどに愛らしい。

そんな少女と一晩を一緒に過ごした記憶は、今も甘い美酒のようにほのかな酩酊《めいてい》感と火照りをもたらす。

あの穏やかに語り合った雨の夜を、その後に一枚のタオルケットを二人で被って迎えた朝を思い出すと、つい顔から火が出そうな程に紅潮してしまうのだ。

（父親の時宗《ときむね》さんがこの家まで迎えに来た時、紫条院さんと俺の同衾《どうきん》がバレなくて本当に良かった……激烈に娘ラブなあの人がそれを知ったらどんな反応をするやら……）

かつて紫条院家で俺へ圧迫面接をかましてきた大人げない大会社の社長を思い浮かべ、俺は密かに冷や汗をかいた。

もっとも、同衾こそバレなかったものの、俺から紫条院さんへの『今度遊びに誘う』宣言はバッチリ聞かれてしまったので、その後紫条院さんからのメールによると『あの小僧めぇぇぇ！　私の目の前で春華を遊びに誘うなどいい度胸だ……！』ってな感じで憤然としていたようだった。

そんな父親の態度を紫条院さんは申し訳なさそうにしていたが、俺としては実際大して気にしていなかった。

そもそもあの人が俺を本気で不逞《ふてい》の輩だと思っていたら、絶対にそんな和やかな『文句』じゃ済まないのは理解している。

なんだかんだで、あの親馬鹿社長は本気でキレてはいないのだ。

古風な考えかもしれないが、娘を奪おうと画策している俺としてはある程度の父親の憤慨くらいは受け止めるのが礼儀だとすら思っている。

（むしろあの後俺を本気で焦らせたのは紫条院さんなんだよな……）

紫条院さんはあの豪雨の中で自分を泊めてくれた新浜家にとても感謝しており、今度改めてお礼に伺うとまで言っていた。

それはいいのだが……『特に新浜君にはお礼する事がいっぱい溜《たま》ってしまっています！ という訳で何かして欲しい事はありますか？ 私にできる事なら何でもしますよ！』など と童貞の脳を破壊する発言をして、大いに俺を赤面させたのだ。

まあ、そんな感じでお泊まり後も俺達はメールや電話でやり取りしているのだが――

「…………もう紫条院さんに会いたくなってきたな」

あのお泊まりによって枯渇していた紫条院さん分（紫条院さんに接触すると摂取できる俺の活力源）をたっぷり補給できたはずなのに、あれから一週間もしないうちにもうチャージが切れてきたのだ。

自分の事ながら、紫条院さんへの想いがデカすぎて呆《あき》れてしまう。夏休みが明けるまでまだ日があるのに、新学期まで彼女に会えないのがとても苦痛なのだ。

そしてさらに……もやもやしている事はもう一つある。

「…………このまま二度目の高二の夏を終わらせてしまっていいのか？」

前世における高校時代の夏休みなんて、『煩わしい学校に行かずにゲーム三昧《ざんまい》できるぞ！』というだけの時間だった。それはそれで間違いなく楽しい時間だったのだが……それでも本心では渇望していたのだ。

漫画やラノベでしばしば描かれるような、青春に満ち溢《みあふ》れたひと時を。

高校生らしく、若く、熱く、深く思い出に残るようなそんな夏を。

この間のお泊まりイベントは青春リベンジを志す俺の気持ちを大きく満たしてくれたのだが……贅沢《ぜいたく》極まりない事に、俺の心はまだ満足していない。

なんというか、夏成分とでもいうべきものが不足しているのだ。

紫条院さんに会いたい。会って話をしたい。それと同時に俺の夏への憧憬《しょうけい》が満たされるイベントが起きて欲しい……そんな願望を抱えて俺は物思いにふけっていた。

「ん？　……なんだそれ。『イベントが起きて欲しい』？」

頭に浮かんでいたそんな思考に、俺は思わず声に出してツッコんだ。

何故ならそれは、俺の前世における『都合のいいギャルゲーのようなイベントを夢見てただ待つ』というスタイルそのものだったからだ。

つい先日に妹の香奈子《かなこ》が紫条院さんを家に連れてくるという前世にはなかったラッキーがあったばかりではあるが、あんなのは俺が前世とは違う行動を取り続けた末に偶発的に発生したバグみたいな事象だ。二度目を期待する方が間違っている。

（ええい、何を攻めの姿勢を忘れているんだ俺は……！　そもそも紫条院さんに今度は俺から遊びに誘うって宣言したばっかだろ！　早速それを実現する機会だろうに、どうして動き出してないんだよ！）

俺は自分の陰キャな本性がまたも顔を出していた事を自覚した。

紫条院さんに『今度は俺から遊びに誘う』と予告していたのに、『つい先日にお泊まりイベントがあったばかりだし、そんなに性急に誘ったら迷惑かも……』なんて自分への言い訳で無意識にお誘いを先延ばしにしていたのだ。

本当は、ただ自分からお誘いする覚悟ができていなかっただけなのに。

「いかんいかん、夏ボケで日和ってんじゃないぞ俺……！　ただボーッと待ってて手に入るものなんて、せいぜい後悔くらいだって思い知ってるだろうが！」

そう、ただ待っているだけじゃ何も始まらない。

だからこそ、俺は残りの夏休みを有効活用する『何か』を計画すべきなのだ。

（しかし何がいいかな。紫条院さんを誘って何か夏らしい事をしたいんだけど、具体的にどんな……ん？）

ふとつけっぱなしのテレビに目を向けると、夏らしく海の特集をやっていた。

パラソルの下で寄り添うカップルや、浜辺のバーベキューで盛り上がる大学生の集団などが映されており大変妬《ねた》ましい。

（そう言えば……紫条院さんってこういう大勢でワイワイする雰囲気が大好きだったよな……）

彼女が好きだと言っていた縁日のお祭りと、テレビに映る浜辺の雰囲気はとても似ている。雑多で庶民的で、やや混沌《こんとん》としているけどその分活力に満ち溢れており、照りつける太陽、熱い砂浜、どこまでも広がる青い海に誰もが浮き立っている。

（海……紫条院さんやクラスの友達を誘って海……！　いいじゃないか、最高だ！）

二人っきりで海という選択肢も頭に浮かんだが、それは付き合ってもいない現在ではさすがに時期尚早だし、親御さんの許可が出る訳がない。

そもそも紫条院さんが好みなのは、みんなでワイワイする雰囲気だしな。

「よし、行き先は決まった！　じゃあまずは紫条院さんを誘ってみよう！」

夏の締めくくりに最高の思い出を作るべく、俺は気炎を上げて携帯電話を取りだし——

…………そのまま携帯の通話ボタンを押す踏ん切りがつかずに二十分ほどまごついた。

「ああああもおおおおおお！　何をビビってるんだ俺はぁぁぁぁ！」

テーブルの上に置いた携帯を前にして、俺は自分の情けなさに叫んでいた。

だがよくよく考えてみれば、俺は前世の男友達との間でさえ遊びの企画を自分から提案した事なんてなかった。

なのにいきなり意中の女の子を海に行こうと誘うのだから、ハードルの爆上がりにも程がある。

(とはいえ……二人っきりで海に行こうってんならともかく、みんなで海に遊びに行こうぜって言うだけだろ！　こんなんだから童貞兄貴って香奈子に馬鹿にされるんだ！)

さっきから何度も何度も紫条院さんにコールしようとして、そのたびに震える指先が通話ボタンを押しかけては寸止めになっているのだ。

我ながら情けないことこの上ない。

だが、だからと言ってここで挫折《ざせつ》する訳にはいかない。

こういう時は……アレを思い出せ。前世において、死ぬほどかけたくない電話のために勇気を振り絞ったあの時を……！

(粘着クレーマーに『そのような理由で商品交換はできません』と伝える電話とか、すぐキレる上司に『休暇中に申し訳ありません。極めて緊急の問題が発生して、私たちではどうにもできないので、システムの管理者ＩＤを教えて頂けないでしょうか……』と聞いたりする電話とかな。あれは本当に億劫《おっくう》だった……)

なにせほぼ間違いなく礼儀知らずだの無能だのゴミだのと罵詈雑言《ばりぞうごん》の嵐になるからな。本当に電話に関してはろくな思い出がない。

（アレに比べりゃ好きな子に電話するのに何をビビる必要がある……！　さあ、やるぞ！　俺は紫条院さんを海に誘うぞおおおお！）

そうして、過去の痛みをバネにして心にブーストをかけるといういつもの社畜式気合術で自分を突き動かし――俺は通話ボタンをプッシュした。

紫条院さんと電話するのは初めてじゃない。

けれど、コール音がプルルル……と鳴り、好きな子が電話に出るまでの短い時間は、いつも意識が強ばるような緊張とほんのりとした甘い期待がある。

『はい、もしもし！　新浜君ですか⁉』

「あ、ああ、俺だよ。いきなり電話してごめんな」

思ったより断然早く紫条院さんは電話に出た。

しばしば銀次《ぎんじ》に恋愛脳と揶揄《やゆ》される俺だが、そう言われるのも仕方ない。

この涼やかな声が耳朶《じだ》に触れるだけで、こんなにも幸せな気持ちになれるのだから。

『いえ、私は全然大丈夫ですけど……今日はどうしたんです？　あ、もしかして……この間私がお礼として提案した〝私に何でも命令できる権利〟の使い道を考えてくれたとかですか？』

「違うよっ!?　というかそんな恐ろしいものを受け取った覚えはないって！」

凄《すご》く朗らかな声でそんな戦争が起こるワードを口にしないでくれ……！

なんか肩叩《かたたた》き券みたいなノリで言ってるけど、完全に核爆弾だからなそれ!?

「ええと、なんで電話してきたかっていうとだな……その、実はちょっと俺から誘いたい事があって……」

『？』

エアコンは効いているのに、俺は緊張で汗をダラダラと流していた。

なにせ、女の子を海に誘うなんて行為はリア充の中のリア充にしか許されない禁忌である。陰キャ人生を歩んできた俺にはあまりにも似合わない。

けれど――どんなにキャラに合っていなくても、どれだけ心臓が口から飛び出そうでも、自分の願いはまず口にしないと何も始まらない。

「その……この間、遊びに誘う約束をしただろ？　早速だけど、みんなで海に遊びに行く事を計画してるんで、一口乗ってくれないかな？」

『え……』

「筆橋《ふではし》さんや風見原《かざみはら》さんも誘ってさ。あ、あと男が俺一人なのもちょっと辛いから銀次も連れてくつもりだけど」

言葉が詰まらないように事前に作文していた内容を一気に言い切る。

こんな心臓バクバクな台詞《せりふ》を呼吸するように言えるチャラ男達はどういうメンタル構造をしているんだ。ノリが水素より軽いのか？

「ま、まあ、忙しいのなら別に無理しなくても——」

『行きますっ!! いつにします!? どこにします!? ああ、お天気とかも調べないとですね……！』

「えっ!? そ、その、本当に!?」

『本当にって……まさか嘘だったんですか!?』

「い、いや一〇〇％本気だけど……」

『ああ、良かったです！ ぬか喜びだったら泣いてしまうところでした！』

紫条院さんが好みそうなシチュエーションをチョイスしたつもりではあったが、ここまでの反応は予想外だ。

メールアドレスを交換した時も熱烈に喜んでくれてたけど、今回はあの時よりもさらにハイテンションである。

「その、そこまで喜んでくれるなんて思ってなくて、今かなりびっくりしてる……」

俺と紫条院さんは確かに仲良くなったし、俺から遊びに誘うとも約束していた。

とはいえ、男子からの海へのお誘いというのは、カラオケやカフェに誘うのとはまるで次元の違う、親密度が高いものである。

いくら天然な紫条院さんとはいえ、困らせてしまうかもと思ったが……。

『喜ぶに決まっているじゃないですか！　海ですよ海！　新浜君やみんなで海に行けるなんて夢のようです！』

まるで遊園地行きを親に約束してもらった子どものように、紫条院さんの声は屈託のない喜びに満ちていた。

『だって私……今まで友達と夏らしい事をしてこなかったんです』

自分に対して苦笑するように、紫条院さんが言った。

『子どものころからずっとそうです。家族や家政婦さんたちと花火をしたり旅行したりする事はありましたし、それは勿論《もちろん》楽しかったのですけど……何というか、身内のしみじみとした夏であって、友達と一緒にやるキラキラした夏じゃないんです』

「ああ、うん、それはよくわかる」

家族と過ごす時間と、同年代と過ごす時間は別物だ。

特に後者は格別に輝いて見えるからこそ、賛美を込めて青春と呼ばれる。

『特に夏に友達と一緒にキャンプや海に行くとか、小さい時からお話の定番なのに現実では全然体験する事ができなくて……とても憧《あこが》れていたんです！』

弾む声を聞いて、電話の向こうの彼女が笑みを浮かべてくれているのがよくわかった。

今がスマホ時代なら、手軽に利用できるビデオ通話でその可愛い顔が見られたのにと少しだけ残念に思う。

『だから……誘ってくれてありがとうございます！　私なんてそういう事に憧れるばかりで自分から周りに提案する勇気がなかったので、声をかけてもらえて凄く嬉《うれ》しいです！』

「紫条院さん……」

女の子を遊びに誘ったのは生まれて初めてだが、ここまで素直に喜んでくれると俺も胸がいっぱいになる。まだ海に行ってもいないのに感無量だ。

（前世だと俺は紫条院さんを勝手にリア充だと思い込んでいたんだよな……お金持ちで凄くモテて友達もいっぱいいて、好きなだけ青春を満喫できているに違いないって……）

けど、彼女と心の距離が近づくにつれ、それまで知らなかった色んな面が見えてくる。

彼女が俺と同じように同年代との夏に憧れ続けていた事も、俺なんかでもやり方次第では学校一の美少女と一緒に海に行ける未来が存在する事も……前世の俺はまるで知らなかった。

「本当に……勇気を出して良かったな……」

『え？』

「ああ、いやこっちの話。それじゃ他のみんなもお誘いしてみるよ。時間や場所についてはまた計画して相談させてくれ」

『はい！　私でよければ計画についてもどんどん相談してください！　それじゃまた！』

　その言葉を受けて、十数分の通話を終了させる。

　折りたたみ式のガラケーをテーブルに置いてふと居間を眺めるが、当然ながら俺の周囲の光景に変化なんてない。

　窓の外には先ほどと変わらない夏の風景が広がっており、エアコンは相変わらずせっせと冷風を出して居間を冷やしていた。

　そう、目に見える世界に一切の変化はない。

　だが――俺の内面という小さな宇宙では革命が起きていた。

「いやったあああああああああああああああ！　海だ！　紫条院さんと海だぜいやっほおおおおおおおおおおお！」

　電話中はかろうじて保っていた冷静さをかなぐり捨てて、俺はガッツポーズと共に叫んだ。というかこれが落ち着いていられる訳がない。好きな人と海に行くなんて俺の中では完全にラブコメ漫画限定の事象であり、半ばフィクションに近いものだったのだ。

だが、それが決心から一本の電話だけで実現した。

この結果はもちろん今世での積み重ねあってのものだが、前世と同じように拒絶と失敗にビビって『待ち』に徹していたら決して得られなかった攻めの姿勢の戦果でもある。

「まあ、みんなで行くんだからそうそう紫条院さんと接近するイベントとかは起きないだろうけど、今回はともかく一緒に海辺で過ごせればそれでいいや！　ふううう！　最高の気分だああああ！」

浮かれきった俺は大声で独り言を言いながら、小学生のように喜びの舞を延々と踊り、完全に馬鹿になっていた。

「暑さで脳みそが湯豆腐になったの兄貴……？」

そしてその奇行は、いつの間にか居間の入り口に立っていた香奈子が冷ややかな目を向けている事に気付くまで続いたのである。

一章　海へ至るまでのハードルを越えよう

紫条院《しじょういん》さんから快諾を得た俺は、続けて他の連中に『みんなで海に行かないか？』とメールで誘いをかけてみたのだが、筆橋《ふではし》、風見原《かざみはら》、銀次《ぎんじ》の三人は誰も彼も即刻電話をかけてくるという想像以上の反応を返してきた。

『海⁉　うん、行く行く行く絶対行く！　海は大好きだしみんなで行けるなんて最高すぎるよ！　いやー、それにしても春華《はるか》を海に誘うとか新浜《にいはま》君やるね！　あははっ、学校の男子たちが聞いたら嫉妬《しっと》で血涙流しそう！』

『よくぞ誘ってくれました……！　私を置いてけぼりにしていたら、この夏ボケ浮かれリア充どもと呪っていたところですよ。はい？　予定？　ふふ、彼氏なしで友達の少ない女にそんなものないに決まっているでしょう。イヤミですか？』

『は、え……？　う、み？　はは、ギャルゲーのやりすぎだろ新浜。クラスの可愛い女の子たちと海なんてシチュが現実にあるはず……え、マジ？　え、いや、待てよ！　本当に俺なんかが一緒に行っていいのか⁉』

皆の食いつくような参加表明（特に風見原と銀次）に少々面食らったが、同時に微笑ましいような気持ちにもなった。

海に憧れているのは俺と紫条院さんだけではないようで、その青春力に溢《あふ》れたレジャーへのお誘いに皆も大いに声を弾ませていたからだ。

そして、自然と幹事役を担う事になった俺は、その日から忙しく働く事になった。

とはいえ、幸い家には俺が中学の頃に小遣いを貯めて買った懐かしいパソコンがあったためそこまでの苦労ではなかった。特に、この時代でも某巨大ＩＴ会社のマップサービスがすでに存在していたのは本当に助かった。

（しかし……仲のいい友達や好きな女の子とどこかに出かけるって、こんなにワクワクするものだったんだな……）

未来人から見ればなんとも動作の遅いパソコンに向かいながら、俺はそんな事をぼんやり考えた。

前世で社員旅行の計画を丸投げされた時は、上司たちからの『遠くてだるい』『旅費が高すぎる』『カラオケがないとかふざけてんのか？』『おい、飲み放題にノンアルコールビールがないぞ！　医者に酒止められた俺を皮肉ってんのか⁉』などの不満をかわす事に酷く気を遣い、慰安どころか神経がすり減って倒れそうだった。

けれど今は、友人たちが俺の企画した事で喜んでくれているのがただ嬉しい。皆のためにあれこれ下調べする作業が、苦しいどころか心が浮き立つ。

これは全く未知の体験であり、前世では味わえなかった事だ。

（俺って本当に色んなものを取りこぼしてきたんだなぁ……）

自分がいかに寂しい男のまま前世を終えたのかを実感し、改めて二度目の人生という奇跡とその最中で親しくなってくれた皆に感謝する。

そしてその盛り上がった気持ちは俺の作業効率をどんどん向上させ――計画はスピーディに出来上がった。

そして全ての準備を終えて、万事抜かりなしとなったその時――

海行きを阻む問題が発生したという連絡が、俺のもとへと届いたのだった。

＊

紫条院家――言うまでもなく紫条院さんの実家である。

彼女の父親は全国書店チェーン会社の社長であり、当然ながらその自宅も一般人とは隔絶した大きさと華美さを誇る。

俺は以前にも紫条院さんに招待されて訪れた事があるが……。

（……まさかこんなに早くまたこの家に来る事になるなんてな……）

紫条院家のリビングの一画（リビング自体が広すぎるのでそうとしか言いようがない）で、俺は胸中で呟《つぶや》く。

信じられないほどに手触りがいい絨毯《じゆうたん》の上に腰を下ろした俺は、あまりにも高すぎる天井を見上げながらひとすじの汗を拭《ぬぐ》った。

意中の少女の家に再び訪問できたのはもちろん嬉しいが、この日本有数の富豪の家にお邪魔するのはやはりなかなか緊張する。

そもそもこれは、本来全く予定になかった事態なのだ。

俺のもとへとあるトラブルの連絡があったのが一昨日《おととい》の事で、それから紫条院さんからの電話にて急遽《きゆうきよ》紫条院家への再来訪が決まったのだが――

「ほぉえぇえ、何これ凄《すご》い……本当にお屋敷って感じ……。今更だけど春華って本当にお嬢様だったんだねー……」

「これはまた……リビングの面積が普通の家の四、五倍はありますね。なんかもうド庶民の私とか漂う豪華オーラで消し飛びそうなんですが」

俺の左右から、見知った二人の少女が感嘆の声を上げた。

一人はショートカットの元気少女、筆橋舞《まい》。

一人は超マイペースなメガネ少女、風見原美月《みつき》。

筆橋は陸上部所属で裏表のない明るさが男子の人気を集めており、健康的な美少女という容貌《ようぼう》も相まって『あいつ俺の事好きなんじゃないか？』という勘違いを作りやすいタイプである。

風見原はなんというか……とにかくマイペースでオヤジっぽいところもある不思議系だ。だが、黙っていればミステリアスな文学系メガネ美少女にしか見えず、内面と外面のギャップが激しい奴である。

「あはは、父もこの家を建てた直後は落ち着かなかったと言ってましたね。今では結構気に入っているみたいですけど」

かつての俺と同じような感想を述べる友達の女子二人に、紫条院さんが苦笑して答える。

俺達がこの家に集まっているのは、海の前哨戦《ぜんしょうせん》として揃《そろ》って紫条院さんの家に遊びに来たから——ではない。

事の始まりは、海行きの話をしてから二日後、筆橋と風見原が寄越してきた連絡にあったのだ。

「しっかし……筆橋さんと風見原さんの親御さんから海行きの許可が下りないって聞いた時は驚いたけど、その理由がまさか宿題を全然やってないからとは……」

男子一人と女子三人が集まったテーブルに若干身の置き場のなさを感じながら、俺はこの集まりの発端である筆橋と風見原に視線を向ける。

もう夏休みも完全に後半なのに、ほぼ手をつけてないとかお前らさぁ……。

「あははは……いやホントごめん！　私ったら夏休みの間ずーっと陸上の練習したり部活の友達と遊びに行ったりでさ！　高二なのに夏休みに全然勉強しない私に親がキレて、せめて宿題くらいはちゃんとしろって言われちゃったの！」

「ふふ、私の方は引き籠《こ》もってネットや乙女ゲームにハマっていたという要因こそ違いますけど、親がキレた理由は一緒ですね。最後の日にバーッと終わらせると言っても全然許してくれませんでした」

「どっちも当然だろとしか言いようがねえ……」

気まずそうに言う筆橋と、何故かドヤ顔になってる風見原に俺は正直な感想を告げる。

高校二年生ともなれば、親としてはそろそろ進路を考えて欲しい頃合いだ。

それなのに勉強どころか宿題すら全然やってないのは、物言いがついてむしろ当たり前と言えるだろう。

「まあでも、そんな私達のために宿題をやっつける会の会場を提供してくれて本当にありがとうね春華！　まさかこんな形で春華の家に来るなんて思ってもみなかったけど！」

「あはは、私もまだ全部は終わってなかったのでちょうど良かったんです。むしろお二人をウチに招く機会が得られて良かったですよ！」

感謝を告げる筆橋に、紫条院さんが善意一〇〇％の光り輝く笑顔で言う。

「友達を招いての勉強会や夏休みの宿題の片付け……！　これもライトノベルとかでさんざん読んで憧《あこが》れていたシチュエーションです！　だからむしろこういう時間が取れて本当に嬉《うれ》しいんです！」

言葉の通り、紫条院さんはこの宿題片付け会の開催に明らかにテンションを上げていた。

彼女と交友を深めてわかったのだが、紫条院さんは漫画や小説における『お約束』なイベントをとても好む。

なので、こんなふうに友達と海行きのために宿題を片づける――なんてベタな状況にむしろ喜んでいるのだ。

（……たった一週間しか経ってないのに、なんか見惚《みと》れちゃうな……）

先日のお泊まり以来、今日久しぶりに彼女の姿を見た。

今日は自宅であるためか、この間会った時よりもカジュアルな服装だが、薄着であるため身体のラインや手足の肌が出ているのが少々悩ましい。

艶《つや》やかな長き髪は、彼女が感情を露わにするたびに軽やかに揺れており、その綺麗《きれい》な瞳《ひとみ》はたくさんの友達を自宅に招く事ができた喜びで煌《きら》めいている。

そんな彼女が無垢《むく》に笑う姿を見るだけで、俺は自分へ活力が戻ってくるのを実感する。乾き気味だった心に潤いが戻っている。

この麗しい少女の横顔こそが、俺の恋心に滋養をもたらす何よりの恵みなのだ。

「しかし……俺まで呼ばれてよかったのか？　女の子同士の集まりに交じるのは悪いような気がするんだが……」

ちなみに海行きのメンバーには俺の唯一の男友達と言える山平《やまひら》銀次も入っているが、あいつはこの宿題片付け会には不参加だ。

どうやら所属しているコンピューター部の集まりがあるらしいが、そうでなくても『海くらい開放的なところならお前のオマケでいられるけど、そんな閉鎖空間で女子に囲まれるとか無理だって！』という事らしい。

「いいえ、新浜君こそこの場に必要な人なんです！　なんと言っても、新浜君は誰よりも勉強を教えるのが上手いんですから！」

夏休み前には俺から勉強を教わっていた紫条院さんが、全幅の信頼を寄せてくれている様子で言った。

「まあ、確かに春華に宿題を見せてもらって丸写し……とかだとちょっと夏休み明けのテストがヤバいもんねぇ……」

ほぼ白紙の夏休みの宿題テキストを前に、筆橋がしんどそうなため息を吐いた。

ウチの学校では、夏休み明けに小規模なテストがある。それは夏休みの宿題の問題を改変したものが殆《ほとん》どであり、宿題を真面目に解いた奴にはあまり難しくはない。

そのため平均点は高くなるのだが……友達の宿題を写したりなどのズルをしていた場合は周囲よりも一段と低い点数となってしまい、往々にして補習送りとなってしまうのだ。

「まあ、女子だけだとついつい単なるお喋《しゃべ》り会になってしまいそうですからねー。我々のような美少女に囲まれる役得を進呈しますので、今日はせっせと問題の解き方を教えまくってください新浜君」

こいつ、自分で美少女言いやがった……。

いやまあ、紫条院さんはもちろんの事、お前と筆橋だってドラマのヒロインを張れそうなレベルで綺麗な顔立ちではあるけどさ。

「ま、そういう事なら俺ももちろん協力するさ。ただし——」

俺が目を細めて筆橋と風見原に視線を向けると、二人はビクリと身体を固くした。

「俺は絶対に皆で海に行きたいから、全力で指導するぞ。今日一日しか時間がないんだから二人とも覚悟してくれよ」

「ひ、ひい⁉　ちょ、ちょっと新浜君、目が怖いんだけどぉ⁉」

「あ、ヤバいですねこれ。この男、春華との海行きのために目がマジになってます」

海行きが懸かった案件にスパルタも辞さない覚悟でいる俺に、筆橋と風見原は冷や汗と共に怯《おび》えたような声を出す。

だが今更怖じ気づいても遅いし、そもそも宿題をサボっていたお前らが悪い。

短い時間できっちりと終わらせられるように、しっかりと指導してやるからな？

「さて、それじゃ始めるか。紫条院さんも手伝いよろしくな」

「はい、もちろんです！　最短時間で終わらせるために、最初から全力でいきましょう！」

海行きの障害を乗り越えるべく闘志を燃やす俺に紫条院さんはにこやかな笑顔で応え、筆橋と風見原の流す冷や汗はどんどん増えていった。

＊

「うううううう、疲れたぁぁぁ……もう数式見たくない……」

「ぐあああ……普段使ってない脳が焼き付いて煙が出そうです……」

ぐったりとテーブルに突っ伏した筆橋と風見原が、精も根も尽き果てた様子で呻《うめ》く。

時間がないので朝からガッツリとやってしまったのだが、普段から勉強苦手組であるこの二人にはなかなかにハードな時間だったようだ。

「あ、あのお二人とも大丈夫ですか？　凄い勢いでお二人の宿題が片付いていくのが嬉しくて、つい私もはりきってしまいましたけど……ちょっと飛ばしすぎましたか？」

俺と同じく宿題の解き方指南をしていた紫条院さんが、心配そうに二人を気遣う。

自分が夏休み前に猛勉強した成果で友達を助けられるのが嬉しかったようで、今に至るまであまりブレーキをかけていなかったらしい。

「ふ、ふふ……脳細胞が軒並みパンクしちゃってますけど、まだやれますよ春華。いくら私でも、こんな小学生みたいな理由で海行きがダメになったら羞恥心《しゅうちしん》で死にますしね……」

息も絶え絶えになりながら、風見原は口角を上げてみせた。

普段からマイペース極まる少女としては殊勝な台詞《せりふ》だが、それだけ皆で行く海を楽しみにしてくれているのだろう。

「ふう……それにしても新浜君、なんか勉強を教えるのがすっごく上手いね。あれだけあったテキストがこんな超ペースで片付くなんて思ってもみなかったよー」

「いやまあ、別に大した事はしてないぞ。勉強なんて大体は意欲の問題だからな。今回は海行きが懸かっている二人のやる気が充実してるだけだろ」

前世の会社などでもそうだったが、どんな教え方をしようと本人の真面目さがないとどうにもならない。こんなにも効率良くはかどっているのは、今日の二人に友達の想いに応えようという気合いがあるからだ。

「ふふん！　新浜君は本当に勉強を教えるのが上手ですからね！　私のテスト順位だって一気に上げてくれましたし！」

「……なんで新浜君が褒められて春華がめっちゃ得意気になるんですか？」

小休止を兼ねて雑談を始めた俺達は、ワイワイと話を弾ませる。やはり、夏休み中はたまにしか会えない分、お喋りの楽しさも倍増するのだろう。

そんな和やかな雰囲気の中で——ふとリビングのドアが開く音が聞こえてきた。

「まあまあまあ！　皆さんよく来てくれたわね！」

陽気な女性の声に皆が振り向くと、筆橋と風見原は目を丸くした。

だがそれは無理もないだろう。何故なら、そこには紫条院さんがそのまま大人になったかのような美しい女性が立っていたからだ。

「どうも紫条院秋子《あきこ》です！　うふふ、今日は新浜君だけじゃなくて女の子が二人も来てくれるなんて！　お母さんはとっても嬉しいわ！」

「「お母さん⁉」」

かつての俺と同じように、筆橋と風見原は二十代かと見まごう若さの秋子さんを前に驚愕《きょうがく》の声をハモらせた。

まあ、そりゃ驚くわな……。

「ふふ、ウチの娘ったら今までなかなか友達を連れてこなかったんだけど……仲良くしてくれる子がこんなに増えてとっても嬉しいわ！　それじゃ、オバさんはこれで引っ込むから、今日はゆっくりしていってね！」

言って、秋子さんはにこやかな笑みを浮かべたまま、広々としたリビングから去っていった。前回会った時もそうだったが、娘の交友関係の広がりにとってもご機嫌だ。

「ほえー……凄《すご》い綺麗な人だったね」

「さっきは綺麗なメイドさんとかいましたし……紫条院家クオリティにはビビります」

紫条院家への来訪が二度目である俺としては、初訪問である二人の反応は実に初々しく感じてしまう。

この家に訪れた直後、二十代前半ほどの家政婦・冬泉《ふゆいずみ》さんがメイド服姿でお茶とお菓子を運んで来た時なんて、二人ともぽかーんとしてたもんな。

「あはは……冬泉さんのあの服はお母様の趣味なんです。昔好きだった少女漫画に出てきたメイド服が可愛かったからって……。冬泉さん本人も割と気に入ってくれているのが幸いですけど」

母親の少女趣味が恥ずかしいのか、紫条院さんの顔は若干赤い。

なお、秋子さんは自分でもたまにメイド服や執事服などを着て夫の時宗《ときむね》さんに反応を乞《こ》うというイタズラをする事があるようだが、妻にベタ惚《ぼ》れの時宗さんはどんな服でも褒めちぎるらしい。夫婦仲がよろしくて何よりだ。

（しかし時宗さんか……例の件は想定通り行くかなぁ）

海行きに対して発生した問題は、筆橋と風見原の宿題の件だけではない。

紫条院さんから相談を受けている『問題その二』も存在するのだ。

（まあ本当に予想の範疇《はんちゅう》の問題ではあるんだけど……）

一応紫条院さんにその対策は授けてあるが、あの人ってばマジで過保護だから果たしてどうなるやら……。

「あのー、ところで新浜君」

「ん？　なんだ風見原さん」

思考に没入していた俺は、メガネ少女の言葉で現実に引き戻される。

「新浜君だけは、この家に来るのは初めてじゃないですよね？」

「ぶっ……!?」

な、なぜバレた……!?

俺がかつて招待を受けてこの家に遊びに来た事は、紫条院さんに口止めしてある。天然少女は何故それを言ってはいけないのか不思議そうにしていたが、そんな事実が学校の奴らにバレようものなら大事件なのである。

学校一の美少女である紫条院さんの家に新浜が遊びに行った――そんな噂はあっという間に校内を駆け巡り、俺の学校生活に不要なトラブルを呼び込む事は間違いないからだ。

「ど、どうして……」

「いえ、さっき春華のお母さんが『今日は新浜君だけじゃなくて』と、新浜君だけが来た日もあったみたいな言い方をしていましたので」

くそ！　なんで女子ってこういう話題だと異様に鋭いんだよ！

風見原とか普段はポンコツっぽいのに、恋愛に対する察知力だけはやたらと高い……！

「え、え？　新浜君って前もこの家に来た事あるの？　わ、わぁ……」

何を想像したのか、筆橋はほのかに顔を赤らめる。

このスポーツ少女は健康的な雰囲気に反して、その妄想はいつもあまり健全ではない。

「まあ……その通りだよ。紫条院さんの家に遊びに行ったなんてバレたら学校で死ぬほど面倒臭いから黙っていたけどな」

白状した俺に、紫条院さんが『ええと、もういいんですか？』とアイコンタクトを送ってきたので、俺は『まあ、この二人にならいいさ』と頷《うなず》きで返す。

「ええ、実は期末テストの勉強をつきっきりで教えてもらったお礼に、新浜君をこの家に招いた事がありまして……」

「おおおお……！　それでそれで⁉　どんな感じだったの⁉」

「あの感じだとお母さんにも挨拶《あいさつ》したんですよね？　どういう反応だったんですか？」

紫条院さんの口から語られると、女子二人は先ほどまで宿題で疲労困憊《こんぱい》だったのを忘れたかのような勢いで食いついた。

「そうですね、あの日は――」

それからしばしの間、紫条院家のリビングには女子高生三人の姦《かしま》しい声だけが響いた。

どうも紫条院さんはずっと、友達二人に俺が遊びに来た時の事を語りたかったようで、実に楽しそうに話している。

そんでもって、女子二人はそんな紫条院さんの話に目を輝かせながらかぶりつきだ。

そして蚊帳《かや》の外に置かれた俺としては……死ぬほど恥ずかしかった。

　俺の家に紫条院さんが泊まった時もそうだったが、純真無垢《むく》な少女は恥ずかしがる事なく、実に無邪気に男子たる俺との思い出を語るのだ。

「それでですね、私はテーブルが埋まるくらいの料理を作ったんですけど、やっぱり男の子の食欲は凄いですね！　何もかも全部平らげてくれたんですよ！」

「え……今聞いた分だけでもホームパーティーが開けるくらいの量じゃないそれ？　よく新浜君は食べきったね……」

「まあ、春華の料理だから残せなかったんでしょうね。まあ、男の子の意地を見せたってところですか」

　紫条院さんが話し始めてから、筆橋と風見原はたびたび俺にニヤニヤ顔で視線を向けてくる。俺の紫条院さんへの想いを知ってる二人からしたら、この俺だけが恥ずかしい話は最高に面白いネタなのだろう。

　く、くそぉ……恥ずかしすぎて顔の火照りが治まらない……。

「と、すみません。その……話の途中ですけど、ちょっとお手洗いに行ってきますね」

　話が一段落したところで、紫条院さんはそう断ってリビングを後にした。

　俺はようやく自分の恥ずかしい話から解放されて一息吐くが――

「いやー、やっぱり春華と新浜君の話を聞くのは楽しいね！　何と言っても春華自身が全然恥ずかしがらないで全部喋《しゃべ》ってくれるし！」

「ふふ、会話の中から新浜君の隠し事を見破った私を褒めてください舞。しかしまあ、友達と友達の恋愛話ってどうしてこうも面白いんでしょうね。さっきから顔を真っ赤にして小さくなっている新浜君を見てると、どうも顔がニンマリしてしまいます」

「お前らぁぁ……」

俺の反応を肴《さかな》に楽しんでいる女子二人に、俺は怨嗟《えんさ》の声を上げた。

妹といいこいつらといい、どいつもこいつも俺を玩具《おもちゃ》にしやがって……！

「でもさぁ、やっぱり春華って天使すぎて恋愛感情が薄いから、ガーッといかないと無理かもだよ？　というか、家に招待までされててなんでまだ付き合ってないの？」

「凄く不思議そうに聞くなよ⁉　俺が死ぬほど不甲斐《ふがい》ないみたいだろ⁉」

耳が痛いからやめてくれ！　そこはちゃんと近い将来に俺から踏み込むつもりだから！

「まあ、それはそれとして……新浜君、ここ最近春華と何かありましたよね？」

「あ、そーそー、それそれ！　一体何があったの⁉」

「え？　何かって……？」

急におふざけを引っ込めて真面目な表情になった二人が聞いてくるが、何の事だか俺には全然わからない。

「何かじゃないですよ新浜君。しらばっくれないでください」

筆橋と風見原がずいっと俺へと距離を詰め、じーっと何かの容疑者を見るかのような目をこちらに向けていた。えっとその……近くない？

「実はね、一週間ほど前に春華と会った時、とある事が原因ですっごく気落ちしていたの。それなのに、今日は塞《ふさ》ぎ込むどころか完全に浮かれモードになっているし……」

「最近何か春華とラブ的なイベントがあったんじゃないですか？　それ以外にあの子の悩みが吹っ飛んでいる原因が思いつかないんですけど」

紫条院さんの悩み……？　確かに俺の家に来た時にそんな事を言っていたな。

「ああ、この前ちょっと話した時に厄介な悩みを抱えていたって俺も聞いた。けどどうもそれはその時点で解決していたらしいんだよ。結局どんな悩みだったんだって聞いてみたら何故か顔を赤くして『秘密です』って言うし」

まさか紫条院さんがウチにお泊まりしてあれこれとラブコメじみた触れ合いがあったとは言えず、ただ事実だけを言う。

「ふーん……そっか。じゃあどっかの時点であの悩みがただの勘違いって気付けたんだね。まあ、全然心配してなかったけど」

「結局問い詰める前に勘違いに気付いたってオチですか。ちょっと面白みには欠けますが、春華が元気になったのならまあ良しとしましょう」

「？」

どうやら紫条院さんの悩みをこの二人は知っていたようだが、言っている事はよくわからない。だがまあ、彼女らの反応を見るにその件はこれで終わりにしておいていい話のようだ。

「じゃあ、その件も片付いてるって事で、心おきなく海に行けるね！　いやー見直したよ新浜君！　生まれ変わったレベルでアグレッシブになったのは知ってたけど、春華を海に誘うとか完全に狙ってるじゃん……！」

「ふふ、二人っきりじゃなくて私達も誘ってしまうあたりが、一線を踏み越えられない感じでなんとももじれったいですが……でも安心してください！　浜辺で意中の女子を仕留めるという面白……失礼、ロマンチックな計画を後押ししてあげますから！」

「ちょ、おい、待て二人とも！　仕留めるとかそんな……」

気恥ずかしさを覚えながら反論しかけて、では自分がどういう意図で海行きを計画したのかを思い返す。

そもそもは、紫条院さんと夏休み明けを待たずにまた会うためであり、遊びに誘う約束を履行するためでもあった。

そして海を選んだのは……前世では縁のなかった夏っぽいイベントを体験したかったからであり、そういう夏休みの定番みたいなイベントが好きな紫条院さんを喜ばせたかったからだ。

だが——海という開放的なシチュエーションにおいて、俺達の仲を進展させるために何かしないつもりでいたのかと言えば、それは嘘になる。

もし都合良く浜辺で二人っきりになったのなら、俺は——

そう考えた途端に、俺の頬は一気に熱を帯びた。

そして、ふと気付くと考え込んだまま赤面してしまった俺を見て、筆橋と風見原がちょっとゲスなくらいにニヤニヤ笑いを浮かべているのに気付き——俺はあまりの気恥ずかしさに、子どものようにそっぽを向いた。

＊

私こと紫条院時宗は、妻である秋子が作ってくれた夕食を堪能《たんのう》して食後の紅茶を飲んでいた。妻は大金持ち一族の令嬢であるが昔から台所に立っており、普通の主婦と同様に夫である私や娘の春華に料理を作る。

（こんなに綺麗《きれい》でお茶目で料理も上手いのが奥さんとか、やはり勝ち組オブ勝ち組だな私は……頑張って社長になって本当に良かった）

大会社の社長であり、妻も娘も世界最高に可愛くて家族仲もすこぶる良い。

そんな人生の勝利者である味を噛《か》みしめながら、私は口元に笑みを浮かべた。

「そう言えば春華、今日は女の子の友達が来てたそうだな。これまでなかなかなかった事だが……どうだ楽しかったか？」

同じテーブルに座って私同様に紅茶を口にしている春華に、私は声をかける。

すると、春華はぱっと目を輝かせて勢いよく口を開いた。

「はい、もちろんです！　筆橋さんと風見原さんは以前から一緒にカフェでお茶をする仲だったんですけど……とうとう今日は家に呼べました！　宿題の片付けは大変そうでしたけど、お二人とも凄《すご》く楽しそうにしてくれて良かったです！」

「おお、そうか。それは何よりだ」

その美貌《びぼう》と無垢すぎる性格のせいで、春華は幼い頃から同性に妬《ねた》まれる傾向があり、今まで友達がほぼできなかった。

そんな春華にとって、家に呼んだりできる友達ができたのは相当に嬉《うれ》しいのだろう。

私も親として、本当に良かったと心から思う。

（そう、女の子の友達というのがいい……何せ最初に家に連れてきた友達がまさかの男だったからな。しかもなんかこう……色々と高校生離れした変な奴だ）

彼が娘に有害な人物でないと判断したので渋々友達付き合いは許したが、やはり女の子は女の子の友達を作るべきだ。

男なぞ、ウチの娘には近づいてはいけないのである。

「あ、あの！　お父様！」

「ん？　どうした春華？」

女子同士の時間を楽しげに語っていた春華だったが、突然意を決したように固い声を発した。まるでこれから、何かをお願いするかのように。

「実は私……今度の木曜日に、今日来ていた友達と一緒に海に行きたいんです！」

「おお、なんだそんな事くらい……って、なにぃ!?　う、海だとおおおお!?」

予想外のお願いに、私は思わず素《す》っ頓狂《とんきよう》な声を出してしまった。

「う、海という事は……お前が人混みの中で水着姿を晒《さら》すという事か……？」

「へ……？　何を言っているんですかお父様？　海に行ったら水着になるのは当たり前の事ですよね？」

狼狽《うろた》える私に、春華は不思議そうな顔で言葉を返してくる。

い、いや、確かにそれはそうなのだが……。

「お、女の子達で海か……う、うむむむむ……」

正直、かなり許可し難い。

これが遊園地などであれば、私は特に何も言わずに許可しただろう。

だが海だ。海。すなわち水着である。

(大勢の男がいる前で……私の娘が水着になる……)

そう考えるだけで、苦悶《くもん》でのたうち回りそうになる。

ただでさえ春華は親の私でも驚くほどに美人だ。天使がそのまま下界へ下りてきたような神聖な美しさがある。

そんな春華の水着姿は、さぞ周囲の注目を集めるだろう。そんな状況自体が私には耐えられない。せめて成人するまではどうあっても感情が納得しない……！

「……すまんが、許す事はできんな。海は危険が多く、未成年の子どもだけで送り出す事はできん。また、女の子だけでは破廉恥な男に狙われる可能性が高くなる。夏の海とは少なからずそういう輩がいるものだ」

自分の感情からの理由は隠してそう告げるが、それらも建前ではなく本音だ。

自然の危うさと悪意を持った人の危うさ。そういうものに遭遇した時、子どもだけではどうしても不安がある。

「ふーん、なるほどね。確かにそれは問題だわ」

私の隣に座る妻の秋子が育ちの良さを感じさせる所作で紅茶を置き、横から口を挟んできた。何が面白いのか、何故か口元に微かな笑みを浮かべている。

「時宗さんの言う事はもっともで、確かに未成年だけで送り出す訳にはいかないわ」

「だろう。何も意地悪で言っている訳じゃないぞ」

「そうね。なら——保護者役の人がいれば問題ない訳よね？」

「何……？」

そこで秋子はパチンと指を鳴らしてみせた。

そのマフィア映画みたいな仕草に応え、リビングのドアから入ってきたのは——ウチの運転手として勤めている生真面目な四十代の男だった。

「夏季崎《かきざき》……？　なんだその図ったみたいな登場は」

「いえ、実は……私が奥様からお嬢様達の海行きの保護者役を仰せつかりました。ついでに当日の運転手とライフセーバーも兼ねます」

「な……!?」

夏季崎がにっこりと告げてきた言葉に、私は反射的に秋子の顔を見る。すると、妻は

『残念でした〜』とばかりにニマニマと意地の悪い表情を浮かべている。

こ、これは……新しいプロジェクトを通す時に社内でもよくあるやつ……！

すでに根回しと対案の用意が終わっている状態か⁉

「実はお母様には事前に相談して、保護者として夏季崎さんに同行をお願いしたんです！　これで問題はないですよねお父様！」

「う……ぐ……」

春華は次の木曜日が海行きだと言った。

大人は平日仕事なので、誰か大人が保護者としてついていくのは難しいと踏んでいたのだが……確かにウチの運転手にお願いすれば万事解決だ。

（だ、だが……感情が納得せん……！　学校の授業くらいなら仕方ないが、ウチの娘が海で大勢の前で水着姿を見せるなんて……！）

自分が独身の時にこんな葛藤《かっとう》を抱えたオヤジを見かけたら、私は過保護が過ぎると笑っただろう。しかしいざ世界一可愛い娘を授かってみれば、男の視線から隔離したくて仕方がない……！

「い、いや……しかし海には保護者の存在でどうにもならない危険もいっぱいで……というかそもそも学生としては海は大胆に過ぎるというか……」

とにかく春華の水着姿を衆目に晒したくないというのが本音だが、そう言えるはずもなく私はしどろもどろにグダグダとした事を口にしてしまう。

ええい、論拠を崩されてオロオロする準備不足のプレゼン担当者か私は……！

「お父様！　ちゃんと私の目を見て話してください！」

私の態度に業を煮やしたらしき春華が、テーブルの上に身を乗り出して言った。

「どうしてまだ反対するんです!?　友達同士で海に行くくらい高校生なら普通なのに、保護者代わりの夏季崎さんが来てくれてもダメな理由は何なんですか！」

真正面からの正論という最も強い手法で、普段大人しい娘は声を大にして言った。

「私はお父様も知っての通り、ずっと一人で寂しい学校生活でした！　そこからようやく友達ができて、皆で海に行こうって話になって……凄く嬉しかったんです！　ですから、生半可の事じゃ私は引き下がりませんよ！」

以前にはなかった力強さで、春華ははっきりと私に意見した。

それも理論的な正しさと感情の強さを示すという、実にしっかりしたやり方で。

（……なんとも変わったものだな私の娘は）

春華は天真爛漫《てんしんらんまん》なのが魅力だが、他人と戦う強さというものが欠けていた。だが最近は怒りもするし自分の意思を口にもするし、とても良い方向に育っている。

「……わかった。夏季崎が同行するという条件で許可しよう」

「ほ、本当ですか⁉　今日来ていたお友達の皆と海に行ってもいいんですか⁉」

「ああ、そうだ。ただし海に危険が多いのは事実だ。危ない事はするなよ」

「は、はい！　ああ良かったです！　これで皆をガッカリさせずに済みます！」

心の中ではまだモヤモヤしているが、それだけでこれ以上反対するのも我ながら見苦しい。それに、娘がこんなにも必死で訴えているのを聞き入れない訳にはいかない。

「ねえねえ、時宗さん。それって本当？　男に二言はない？」

「ああ、もちろんだ。言葉には責任を持たんとな」

妙に念を押してくる秋子に、私は頷《うなず》く。

まあ考えてみれば、今回は女の子同士の海なので恋愛的な心配をする必要はない。ナンパの類いはボディガードも兼ねている夏季崎が排除してくれるだろう。

(ふう、少なくともあの小僧と海行きなんて事はないんだからな)

そうして、私が心の整理をつけていると――

「ふふ、私の方の問題が片付いた事を、早速新浜君に報告しないとですね！」

「はあっ⁉」

弾んだ声で、春華が聞き捨てならない事を口にした。

「ちょ、ちょっと待て春華！　どうしてそこであの小僧の名前が出てくる⁉」

「え？　それは勿論《もちろん》、新浜君も一緒に海に行くからですよ？」

「な、なあああああ⁉　ど、どういう事だ⁉　女の子だけで行くという話だったろう⁉」

あ、あの少年と海だと……！　それだと別の意味で危険度がＭＡＸだろうが⁉

「あら、最初っから春華は女の子だけとは言ってないわよ？」

「あ、秋子……クソ、お前達グルだな！」

「あらあら、そんなにプリプリしてどうしたの時宗さん？　まさか海行きの許可を取り消すなんて言わないでしょうね？」

「い、いやしかし……！　前提が違っているだろう⁉　私が許可したのは女子だけの海で……男女一緒とか、そのこう……ダメだろうっ！」

いくら保護者付きとはいえ、男女が海に行って何も起こらないはずはない。

ましてや、あの少年はこの私に娘さんを狙ってますなどと言えるアグレッシブ極まる男だ。あいつと春華が一緒に海辺に立つ姿を想像しただけで、私の血液が怒りで沸騰してしまいそうだ。

「あらでも、さっき時宗さんは『今日家に来た友達』と一緒に海に行く事を許可してたわよね？　実はぁ……その中に新浜君もいたのよ♪」

な、なんだとおおお⁉

あ、あいつめ！　さらっと女子に交ざってまたウチに来てたのか⁉　いくら私が不在だったとはいえ、あんなに圧迫面接を受けた家が少しは怖くないのか⁉

「男に二言はないと言ってしまっては逃げ場がありませんなぁ旦那様《だんなさま》」

「普段は契約書の隅やら相手の言質を利用してビジネスしている貴方《あなた》なんだから、まさか今更撤回なんて言わないわよね？」

「う、うぐぐぐ……！」

もはや反論する術《すべ》を失った私に、チェックメイトとばかりに夏季崎と秋子が微笑みながらトドメを刺してくる。

こ、これは何もかも周到に用意された罠《わな》か……！

「は、春華……まさか、この私を説得するための根回しは、新浜君の案か……？」

「ええ、そうなんです！　お父様の許可が下りるかどうかがわからないって相談したら、説得する方法を考えてくれたんです！」

や、やっぱりこれはあいつの差し金か！　戦う前から相手の勝ち筋を潰《つぶ》しておくという、純真な春華らしくない戦法だと思ったよ！

「ふふ、新浜君の言う通り、あらかじめ保護者役を探しておくのと、私の意志をはっきり示すお願いが効きました！　やっぱり凄《すご》いです！」

あの小僧めぇ！　仮にも社長である私を根回しで封殺したのか……！

ええい、くそ！　そういう用意周到さで娘に迫るからあいつは危険なんだよ！

「あんちくしょうがあああ！　よくも私をハメたなあああああ！」

ルンルン顔になっている春華と、余裕たっぷりに紅茶を飲み直す秋子の前で、私は敗北を悟って怨嗟《えんさ》の声を上げた。

＊

私――紫条院春華は、今街中の大型ショッピングモールにいた。

四ヶ月前の私だったらこういうお買い物スポットも一人で歩く事が常だったけれど……

今日はそんな悲しい記憶を払拭《ふっしょく》してくれる友達がいる。

舞さんと美月さん、そして私。今日はこの三人でのお買い物だった。

「へー、それでお父さんの説得はクリアしたんだ」

「はい！　それだけが最後の問題でしたから、おかげで今はとっても軽い気分です！」

隣を歩く舞さんに、私は喜びを隠さず報告した。

お父様は以前から過保護な面があったけれど、私が新浜君と一緒にいるようになってからそれがさらに加速したような気がする。

なので私の海行きには難色を示すかもと思い、前もってお母様に相談してみたのだけど……。

『あー、絶対に反対するわね。あの人に一番詳しい私が言うんだから間違いないわ』

と自信たっぷりに言われてしまい、海行きにはお父様の説得が必須《ひっす》なのだとその時点で私はようやく気付いたのだった。

けれど、私一人ではお父様を説き伏せる方法なんてわからず、またしても新浜君を頼りにしてしまったのだけど――

「お父さんの件を新浜君に相談して対策を立ててもらったんですっけ？　しかし彼には本当にビビりますね。春華のお父さんがどう反対するかも読んでいたとは」

「ええ、お母様も感心していました。『お父さんは感情的な反対じゃなくて、おそらく未成年だけで行く危険性を指摘してダメだと言ってくる。だからそこを事前に解決しておくんだ』って言われていたんですが、本当にその通りになって……」

たまに新浜君は超能力者なのではないかと疑ってしまう。どうしていつも相手の行動や言いたい事を先読みできるのだろう？

本人に聞いたら『まあ、人の顔色を窺《うかが》う機会が多すぎて……』となんだか遠い目になってしまったけれど……。

「でも、おかげでこうして何の憂いもなく海行きの買い物ができて何よりです」

「うんうん、良かったよ！　アレを選ぶにはスッキリした気分じゃないとね！」

舞さんの言葉に私は笑顔で頷く。

今日私達が集まってここにいるのは、私の準備不足が理由だった。

「しかし春華にはびっくりしたよもー、いくらなんでも本当にスクール水着で行く気だったなんてさー」

「うう、すみません……学生である私達が海に行く場合、スクール水着が普通だと思っていました……」

並び立って歩く二人に、私は気恥ずかしい思いをしながら言葉を返す。

そもそも事の発端は、この間の宿題片付け会での事だった。

新浜君がお手洗いに行っている間に、二人は嬉々《きき》としながら私はどんな水着で行くつもりなのか聞いてきたのだけど……。

『え？　私用の水着なんて持っていませんし、学校のスクール水着で行こうかと……』

そう答えた私に二人は仰天し、『絶対に別のにした方がいい！』と説得してきた。

最初はどうして二人がそんなにびっくりしていたのかわからなかったけれど……ネットで調べてみるとその理由はすぐにわかった。

「やっぱりズレてますね私……海に行くのに水着があんなに重要とは……」

ちょっと調べただけでも、女性向けの海特集は山のように出てきた。そして、その全てに共通して強調されていたのが、水着選びの重要さだった。

どこのサイトも水着に対する熱量は凄く、世間一般の女子がいかに水着に気を払うものなのかを私はそこでようやく理解した。

「まあまあ、せっかくの海なんだから、もっと可愛いの着ようってだけだよ！　春華ってばこんなに綺麗《きれい》なんだから、バッチリ似合うやつを着ないともったいないって！」

「まあ、スクール水着はスクール水着で相当な需要があるものですが、臨海学校みたいな雰囲気が出ちゃいますしね」

学生なのだから海に行く時はスクール水着が正装――などと考えていて、普通の女の子との感覚のズレに気落ちしていた自分には、二人の優しいフォローが染みる。

「ありがとうございます二人とも……あ、でも、お二人は水着を持っているんですよね？　だとしたら今日は私の水着選びにずっと付き合わせる事になっちゃいますけど……」

私が選び終わるまでずっと待ってもらうのは流石に悪いような……。

「ふふ、私も水着を買う予定ですから大丈夫ですよ。春華と同じく友達と一緒に海に行く機会とかなかったんで、可愛い水着とか全然持ってないんです。という訳で、リア充の舞から水着の選び方を教わるとしましょう」

「え、えええぇ!?　い、いや、私だって基本的に部活ばっかりでそんなに遊び慣れてないってば！　水着だって素っ気ないのしかないから今回新調するつもりだし！」

二人の微笑ましいやりとりを眺めつつ、私は密かに胸を撫《な》で下《お》ろしていた。

(こんなに素敵な二人だって普段から友達と遊ぶ用の水着を持っている訳じゃないんですから、私が今までスクール水着以外の水着を持っていなかったのも、そこまで変な事じゃないと思いたいです……！)

そんなふうに我ながらおかしな安堵《あんど》を覚えていると——目的のお店はもう目前に迫っていた。

＊

「わ、わぁ……！　これ全部水着なんですか！」

私は、売り場に並ぶ膨大な水着の数に圧倒されていた。

海水浴シーズンの真っ盛りという事もあり、店内には所狭しと様々な女性用水着が販売されている。

無地のワンピースなどの大人しめのものから、スパンコールやラメが燦々《さんさん》と輝くような目に眩《まぶ》しいものまで本当に多種多様だ。

世間一般の女性達にとってどれほど水着が重要なものなのか、この品揃えが物語っているかのようだった。

「さーて、それじゃひとまず分かれて自由に見て回ろっか？　これだけ種類が多いと皆で話しながら巡ると時間がかかりすぎるしね」

この中で唯一友達同士の買い物に慣れている舞さんの言葉に、私と美月さんは素直に頷《うなず》く。そうして、私達は店内で一時解散となった。

(うう、この膨大な水着の中からたった一つだけを選ぶなんて……なんだか凄く無謀な行為に思えてきました……！)

一人になった私は、右も左も水着で埋め尽くされたカラフルなジャングルでちょっとだけ途方に暮れる。

だけど、このまま右往左往しているだけだとここまで来た意味がない。

(と、とりあえずどんなのがあるか見てみますか……)

さしあたり手近な水着からチェックを始めてみるけど、その種類には本当に驚く。

（ふむふむ……これはワンピースタイプですか。シンプルでいいですけど、見た目的にスクール水着と大差ないような……わ、わわ、このキャミソールタイプは下着みたいでちょっと色っぽすぎます……！）

私は広い店内を歩いて、いくつもの水着を手に取っていく。

本当に色んな水着があり、ほぼTシャツとショートパンツそのままみたいなものや、肩《かた》紐《ひも》が片側にしかない攻めたものなど……種類に際限がない。

（ピンクはちょっと子どもっぽいでしょうか……？　それともうちょっとダークな感じで……。あ、これはフリルがいっぱいで可愛いですね。こっちはオフショルダーっていう肩を全部出したキャミソール型で……うーん、嫌いじゃないですが……）

真剣に考えるほど、時間は早く過ぎていった。

気付けば品定めした水着の数は大量になっていたけれど、それでもまだ決まらない。

いくつか『いいな』と思うものはあっても、まだ最終的な決定ができないでいる。

（うう、水着選びを甘く見ていました……！　世の中の女性は夏のたびにこんなに迷う事をやっているんですか！）

こんなにも時間がかかると思っていなかった私は、未だに決めきれない現実にちょっと

泣き言を言ってしまう。

「やっほー春華ー！　どう？　いいのあった？」

「一時間程経ちましたが……どうやらまだ悩み中ですね」

声をかけられて振り向くと、舞さんと美月さんが立っていた。

驚くべき事に、二人の手にはこのお店のロゴが入った紙袋があり、どうやらすでに自分の水着を購入済みのようだった。

「舞さん、美月さん……も、もう水着を選び終えたんですか……！」

「うん、まあね！　結構悩んだけど絞りきれたよ！」

「私は水着選び初心者ですが、まあフィーリングで一応決めました」

言って、二人は紙袋からそれぞれ水着を取り出して私に見せてくれた。

これは……うん、凄くいい感じです！

「どっちもとても可愛いです！　お二人にピッタリですよ！」

パッと見ただけだけど、それぞれの個性に合ったとても良いチョイスだと思えた。

実際に着てみると、間違いなく華やいだものになるだろう。

「ふふ、そうでしょ！　これで浜辺の視線を独り占め……なーんてね！」

舞さんが冗談めかして笑うけど、実際に注目を集めてしまうと思う。

なにせ二人はとても可愛い。

舞さんは夏の向日葵《ひまわり》のような明るい可愛さがあり、美月さんは上品な藤の花のようにしなやかで綺麗だ。

そんな二人が水着姿になったら、同性でも異性でもその場にいる全員が注目してしまうだろうと――

（……？　あ、あれ？　またなんか変な気持ちに……）

ふと気付くと、微かにモヤモヤしたものが胸にわだかまっていた。

ムズムズして、なんだか妙に不安になるこの気持ち。

つい先日、新浜君が知らない女の子（実は妹さんだった）と歩いているのを目撃した時に感じたアレに似ている。

あの時に比べたら本当にモヤッとするくらいの軽微な事だけど……一体どうして今そんな気持ちになってしまったのだろう？

「……あ、これマズいかもです。何故なのかよくわかりませんが、春華がちょっとだけジエラって闇ゲージが溜《たま》ってます」

「ちょ!?　や、ややや、ヤバいってそれ！　なんとか気を逸らしてヤンデレの芽は確実に潰《つぶ》しておかないと！」

目の前の二人が何か言っているようだったけど、再発した胸の痛みでその言葉はほとんど耳に届かない。

前回のは新浜君という親しい友達への独占欲なのだと理解していたけど、今日のはどうして……？

「ね、ねえ春華！　まだ悩んでるみたいだったから、私達おすすめの水着を持ってきたんだよ！　ちょっと見てくれる？」

「あ、はい……ありがとうございます」

何故か焦った声で言う舞さんに応じると、胸に持ち上がってきていたあのザワついた感覚はあっけなく霧散した。

我ながら、本当に微かなモヤモヤだったらしい。

「あれ……？　そ、その、舞さんこれは……」

舞さんが自信を持って掲げた水着は、ぴっちりした全身タイツのようなウェットスーツだった。ええと、これは競技者とかが着るもののような……。

「舞……これ競泳とかマリンスポーツに使うスーツ水着じゃないですか。ピタッと肌に張りついてボディラインが出るのは秀逸ですが、レジャー用じゃないですって」

「え⁉　そ、そうなの⁉　この機能美がめっちゃイケてると思うの私だけ⁉」

何やらショックを受けた様子の舞さんを横目で見ながら、美月さんはやれやれとため息を吐いて店内から持ってきたらしき水着を取り出す。

「まったく、体育会系的視点すぎますって舞。せっかく春華に薦めるんですから、このくらい魅力を引き出すのじゃないと」

「え、えええええ!? み、美月さんこれ……！ ほとんど紐《ひも》じゃないですか!? こ、こんなの絶対無理です！」

美月さんが持ってきたのは、一瞬水着と認識できないほどの過激すぎるマイクロビキニだった。着用後の姿はもはや裸一歩手前で、下着姿の方がよっぽど健全とすら思える。

「ふふ、そう頭ごなしに否定するものじゃないですよ春華」

あり得ない布面積に顔を真っ赤にする私に、美月さんはやんわりと言った。

「ここはどこです？ そう水着屋さんです。そこで売っているからにはこれも水着なんです。それも春華ほどのエロさ……もとい豊満スタイルが映える大人の魅力爆発の一品だから薦めているんです。ふふ、何も恥ずかしい事なんてないんですよ」

耳元で囁《ささや》かれると、なんだか否定的な気持ちが減っていく。

そう言われればそうかもしれません……水着なんて元々肌を晒《さら》すものですし、ユニークさという点では決して悪くないかも……。

「騙《だま》されてるって春華ぁぁ！　こら美月いい！　春華はすぐころっと洗脳されるんだから
そういうオヤジ臭い事はダメだって！　こんなん着てたら完全に痴女だよ！」

「や、やっぱりそうですよね!?　も、もう！　つい流されそうになったじゃないですか！」

「いや、まさか私も本当に騙されそうになるとは……春華のお父さんが過保護になるのも
わかる気がしますねー」

広い水着売り場で、私達はつい騒がしい声を上げてしまった。

そうやってお二人と一緒にワイワイするひと時は本当に楽しいけれど……肝心の水着選びは一向に前へ進んでいなかった。

流石にもうそろそろ決めないといけないのだけど……。

（それにしても……服を買うのに今回ほど迷うのは初めてですね）

だけど、無難なものにして済ませばいいとは思えなかった。

むしろ、舞さんと美月さんが可愛い水着を買ったのを見ると、最高の一着を選びたいという意欲が強くなっている。

スクール水着で行くなんて言っていた自分だけど……いざ水着を選び始めると、どうしてここまで気合いが入っているのか、少し不思議でもあった。

「ねえ春華。じゃあさ、こういうのどう？　自分じゃなくて、一番反応が気になる人の事

を思い浮かべて、その人が気に入ってくれそうなのを選ぶの」

「え……？」

なおも迷っている私を見かねてか、舞さんはそんな提案をしてくれた。

「どうしても迷った時は友達とか水着を見せる人の事を考えながらだとベストチョイスができるんだって！　まあ、ファッション雑誌の受け売りだけどね！」

（一番反応が気になる人……）

そう考えた時に浮かぶのは、やはり一緒に海に行く友達のみんなだった。

けど、その中でもとりわけ視線が気になっている人がいる。

いつも自分を助けてくれるとても頼りがいのある少年で、独占欲を抱く程に近しくなった最も親しい人。

私を今回海に誘ってくれた男の子の姿が、自然と脳裏に浮かんでしまっていた。

（自分が気に入るのはもちろんの事……一番反応が気になる人の事を考えて選ぶ……）

そう考えると、自然と方向性が定まった気がした。

この視点で突き詰めれば、自分でも納得がいくものが選べそうだった。

「お二人とも、少し時間をください。もうちょっと……自分で選んでみます」

真剣な面持ちでそう言った私に、二人は笑顔で頷《うなず》く。

そして、私は店内に溢《あふ》れかえる大量の水着ともう一度向き合った。
一番似合う水着を持って、水着を見せた時の反応が気になる人と海へ行くために。

二章 ◀ 海辺の天使

皆で海に赴く当日。

俺は炎天下の街中を歩いていた。

パールホワイトのTシャツとライトブルーの半袖《はんそで》シャツ、カーキ色の短パンととてもラフな格好であり、着替えなどが入ったリュックを背負っている。

幸いにも本日の降水確率は〇％であり、天を仰ぐと目が覚めるような蒼穹《そうきゅう》が広がっている。日差しは強く暑さは結構なものだが、それもむしろ海に行くとなればちょうど良いのかもしれない。

(本当に来てしまった……紫条院《しじょういん》さんと海に行く日が……)

実際は級友の三人も一緒に行くのだが、憧《あこが》れの少女と海に行くという行為自体が冷静に考えるととんでもない事すぎる。お城に住むお姫様を言葉巧みに連れ出したかのような、謎の罪悪感すら感じる。

そんな事を考えつつ足を進めていると、待ち合わせの場所であるコンビニの駐車場へはすぐに着いてしまった。

「あ、新浜《にいはま》！　おーい、こっちだこっち！」

「おはよー新浜君！　今日の事を色々セッティングしてくれてありがとね！」

「ふむ、なんだか開幕から春華《はるか》の事ばっかり考えてそうな顔してますね」

俺がその場に到着すると、筆橋《ふではし》、銀次《ぎんじ》、風見原《かざみはら》の三人が出迎えてくれた。

二人とはこの間紫条院さんの家で会ったばかりだが、俺の唯一の男友達である銀次とは久しぶりに顔を合わせる。

短髪でこざっぱりとした運動部みたいな容姿のオタク友達は、俺と同じような夏らしいラフな格好をしているが……女の子が何人も来るという事をかなり意識したのか、髪も服もやや小綺麗《こぎれい》にしておりちょっと微笑ましい。

（そう言えば筆橋と風見原もお洒落《しゃれ》な格好してるな……この間に紫条院さんの家で会った時より明らかに気合いが入っている）

ショートカットの筆橋はスポーツ少女らしく、オレンジのTシャツ、デニムのショートパンツ、頭にはキャップ帽を被った清涼感のあるスタイルで、そのままサマースポーツのＣＭに登場できそうな快活な魅力がある。

そしてメガネ少女の風見原はスカイブルーのリネンブラウスに、モスグリーンのミドルパンツというやや大人っぽいコーデであり、意外と言ったら悪いがとてもモダンな雰囲気の美少女になっている。

「あれ、なんかみんな早くないか？　まだ十五分前だろ？」

「それが……みんな万が一にでも遅れないようにって早く来すぎたみたいなの。二十分も前なのにばったりと集合した時はお互いびっくりだったよ」

「遠足を楽しみにしすぎてる小学生みたいで、お互いちょっと恥ずかしかったですね」

その時の事を思いだしてか、三人はやや気恥ずかしげに目を泳がせた。

電話で誘った時も結構テンション高かったが、どうやら本当に楽しみにしていてくれたらしく、企画の発案者としてはとても嬉《うれ》しい。

「はは、そんなに楽しみにしてくれてありがとな。それで、紫条院さんは……？」

俺が尋ねると、何故か三人はニヤリと笑みを浮かべて一斉に俺を指さした。

うん？　俺を指さして何を……いや、これは……俺じゃなくて俺の背後？

「おはようございます新浜君！」

振り返ると、そこには夏の天使がいた。

羽織っているのはフリルがあしらわれた襟のある純白のブラウスであり、胸元にはネイビーのリボンが揺れている。そして何よりノースリーブであり、白い肩や腕が惜しげもなく露出している。

ストライプブルーのショートスカートや、被っている大きな麦わら帽子もあどけない少女性を引き立てており、どうしようもなく可愛い。

「あれ？　どうしました？　もしかしてまだ眠いんですか？」

「あ、いや……その、おはよう紫条院さん。その服、夏らしくて可愛くて凄《すご》くいいな」

いつも香奈子《かなこ》から口を酸っぱくして指導されている『女の子の私服を見たらとにかく褒めて！』を頑張って実践する。

あいつは『とにかく無理矢理でも何か褒める！　褒められて悪い気がする人はほぼいないし、俺は君の事を見てるんだって意識させられる！　いい事尽くめ！』と力説していたが、これは逆に褒めるところが多すぎる。

俺の目が今どれだけ惹《ひ》き付けられているのか、それが億分の一程度しか伝わらないのがもどかしい。

「……！　そ、そうですか！　そんな風に言ってもらえるなんて、どうせ水着になるんだからって適当に選ばずに、あれこれと合わせてみて良かったです！　ふふ、ただでさえ楽しみで早く起きてしまったのに、さらに気持ちが盛り上がってきました！」

紫条院さんはぱぁっと顔を輝かせ、向日葵《ひまわり》のように笑う。

その心の純真さがそのまま花開くような笑顔は、真夏の太陽よりもなお眩《まぶ》しかった。

「おおっと、すかさず服を褒めてポイントゲットですよ。四ヶ月前のシャイな新浜君とは別人すぎでしょうとツッコみたくなりますが、友人としてどう思います山平《やまひら》君？」

「え、俺!?　ええと……なんかもう、ああいう事がさらっと言えるあたり、あいつが遠い所に行っちまったようで寂しいやら誇らしいやら……しかも紫条院さんにめっちゃ効いてるっぽいし」

おい風見原と銀次！　二人でボソボソと実況するんじゃない！

くそ、考えてみたらこの面子って俺の恋愛事情を知ってる奴らばかりだよ！

俺が紫条院さんと話していると皆がニヤニヤしだしてどうもやりにくい……！

「皆様おはようございます。私は紫条院家に運転手として勤めている夏季崎《かきざき》と申します」

紫条院さんの傍らに立っていた柔和な笑顔の四十代男性がぺこりと頭を下げる。

この暑さでもスーツ姿だが、全然汗をかいている様子はない。

「本日は送迎を担当させて頂きますのでどうぞよろしくお願いします。困った事があったら何でも言ってください」

俺の提案した案ではバスで行く予定だったのだが、時宗《ときむね》さん説得作戦の過程で保護者代わりとして夏季崎さんの同行が決定し、車まで出してもらえる事になったのだ。

「「あ、ありがとうございます！　よろしくお願いします！」」

クラスメイトの三人はリアルな『お金持ちが雇っている運転手』である夏季崎さんの登場に目を白黒させていたが、きっちり挨拶《あいさつ》は返していた。そんな礼儀が身についている級友達の姿に、元オッサンとしては妙にほっこりしてしまう。

「す、すげえ、家付きの運転手さんとかリアルでいるんだな……もしかして執事やメイドさんとかもいるのか……？」

うん、まあその気持ちはよくわかるぞ銀次。

ちなみに執事はどうか知らないが、若くて美人なメイドさん（正確には家政婦さんだが）もちゃんといたぞ。お金持ちの家はかなりファンタジーだ。

「おはようございます夏季崎さん。今日はよろしくお願いします」

「はい、先日ぶりですね新浜様。何でも今日の事は貴方《あなた》が企画されたそうですが、素晴らしい行動力ですね。あの雨の日に続いて夏休みの攻め手を緩めないとは流石です」

俺の考えなんて見透かしているだろう大人から、暗に『恋愛アプローチの波状攻撃が凄いね！』と言われて顔がちょっと熱くなる。

うぐぐ、右も左も俺の想いがバレてる人ばっかりだ……。

「さて、それじゃあ早速車を回してきますね！　行きましょう夏季崎さん！　一日は短いんです！」

「はは、本当に今日のお嬢様は上機嫌ですね。目のキラキラっぷりが違います」

紫条院さんは自分が運転する訳でもないのに、車が駐《と》めてある駐車場へ急ぎ足で向かう。

逸る気持ちが抑えられないようで、完全に遊園地当日の子ども状態だ。

「ふう、今日の紫条院さんはめっちゃ元気だな。誘った時もテンション高かったけど、ここまで喜んでくれるとは思わなかった」

「ええ、勿論《もちろん》今日という日を楽しみにしていたのもあるんでしょうが、海における女の武器を上手く選べてご機嫌ってのもありますね」

「は？　海における女の武器……？」

風見原の言葉に俺は首を傾《かし》げる。一体何の事だ？

「あはは！　まあそこは海でお披露目する時のお楽しみって事で！　二時間もかけた春華のチョイスに期待しててね新浜君！」

「お、おう……？」

二人の言う事は今いちよくわからないが、俺としては紫条院さんがこの日を楽しみにしてくれていたのならそれに越した事はない。

「しかし新浜、お前……本当に攻め攻めだな」

「へ？　なんだよ銀次。どういう意味だ？」

「いや、あの運転手の人が『雨の日に続いて夏休みの攻め手を緩めない』とか言ってたじゃんか。最初は宿題片付け会の日に何かあったのかと思ったけど、あの日って晴れてたし……つまり夏休み中のどっかの雨の日に、紫条院さんと何かあったって事だろ？」

「ぶっ……！」

ば、馬鹿野郎！　お前はどこの探偵だ！　そんなところを拾って女子たちにネタを提供するんじゃない！

「ほほーう……なるほどなるほど。落ち込んでた春華が元気になったのは単に勘違いに気付いたからだと思ってましたが……やはり何かしらあったんですね。これは是非詳細を聞きたいですねぇ……」

「夏休み中に何かってもうデートしかないでしょ⁉　ねえねえ、どこに行ってたの？　街中？　動物園？　あ、でも雨の日なら映画館とか？」

ほら見ろぉ！　先日も紫条院家で思い知ったが、友達の恋愛事情なんて女子にとっちゃ至高のオモチャなんだぞ！　目をキラキラさせて根掘り葉掘り聞いてくるに決まってるだろうが！

「いや、どこにも行ってないって！　紫条院さんとどこかに出かけるのは今日の海が初めてだよ！」

「ほほう、どこにも行っていない……なら、もしかして逆に自分の家に連れ込んで熱い一夜を過ごしたとかですか？　ははは、流石にそれはないで――え？」

「ちょ、おい……？」

「え、新浜君……？」

その瞬間、俺にとっての正解はすました顔で『おいおい、何を馬鹿な事を言ってるんだ』とでも言って呆《あき》れ気味にため息を吐く事だった。

だが、その冗談から出た真実を言われてしまった瞬間に、まだ記憶に新しいお泊まりの光景がいくつもフラッシュバックして、極めて迂闊《うかつ》な事に赤面して言葉に詰まるという最悪な反応を示してしまったのだ。

そしてそのほんの数秒のリアクションは、疑惑の発生と確信には十分なものだった。

「「「…………」」」

……沈黙が痛い。

さっきまでニヤニヤ顔だった風見原と筆橋を含めた三人は、真顔になって俺を凝視していた。そして、こうなってしまえばここから俺がどうとぼけても、もはや手遅れでしかない。

「そ、そっかぁ……新浜お前とうとう〝卒業〟して大人に……はは、もう俺と『このヒロインは俺の嫁！』とか言ってたお前はいないんだな……」

「わ、わああああああ……！　と、とと、とうとう二人がそんな関係に……！　あの春華が新浜君の部屋で……うわあああああ……」

「おめでとうございます発情マン。合意の上ならとやかくは言いませんけど、春華を悲しませたら冗談抜きで股間《こかん》の風鈴をもぎますのでそのつもりで」

「違うってのぉぉ！　お前ら揃《そろ》いも揃って頭の中がピンク色すぎだろぉぉ!?」

完全にエロい誤解をしているであろう三人に向かって、俺は叫んだ。

＊

太陽が燦々《さんさん》と輝く下で、海水浴場はとても盛況だった。

熱された砂浜の上には所狭しとビーチパラソルやデッキチェアが広がっており、元気よく駆け回る子どもやノリが軽くなった大学生などで溢《あふ》れている。

青い海は見渡す限りどこまでも広がっており、打ち寄せる波となって浜辺に白い飛沫《ひまつ》と泡を作っては消えていく。

「おお……海だ……パソコンの壁紙でも癒やし系動画でもないリアルの海だ……」

この海水浴場へ至る道中はあっという間だった。

夏季崎さんの運転する八人乗りのワゴン車は非常に広々として快適であり、道中は皆で色んな話をした。

風見原と筆橋は宿題片付け会の日に問題集系は終わらせたものの、読書感想文が終わらずにギリギリまでやったと苦い顔で語り、紫条院さんは楽しみすぎて昨晩は九時にベッドに入ったと満面の笑みで報告してきたり、話題には事欠かなかった。

なお、俺がかつて一人で紫条院家へ招待された時の事に話が及ぶと、その事実を知らない銀次は大層驚いてその辺りの事情を筆橋と風見原へ小声で確認していた。

『な、なあ……俺ってその辺疎いんだけどさ、付き合ってない男子が女子の家に呼ばれるとかあり得るのか……?』

『いやぁ、あり得る訳ないでしょう』

『フツーはまずないよ。フツーはね』

『だよなぁ……』

そんな事をボソボソと話したかと思えば、三人が呆れと不可解さが混ざったような視線を俺と紫条院さんに向ける一幕もあった。

……余計なお世話だよこんちくしょう。

その後も、紫条院さんが『すぐ胸がキツくなるので学校の水着も毎年のように買い直しなんですよー』とポロリと言ってその場の全員の顔が赤くなったりと、とにかく常に話しっぱなしであり、途中での買い物も含めてとても和やかな雰囲気のまま現地入りを果たしたのだ。

「なあ……新浜」

「ん？　なんだよ銀次」

トランクス型の海パンに着替えた俺たちは今、確保した地点にパラソルとレジャーシートを設置するという任務を終え、揃って仁王立ちしていた。

ちなみに夏季崎さんは『私は皆様の邪魔にならないように浜辺の隅でゆっくりしていますので、助けがいる時は携帯に連絡してください』とのことだ。

女子達は更衣室でお着替え中であり、俺たちはそれを待つという人生でも極めてレアな時間を味わっている最中だった。

「今更ながら本当に俺が来ても良かったのか……？　そりゃあお前繋《つな》がりであの女子三人とも多少は喋《しゃべ》るようになったけど、なんかこう、邪魔だったりしないか？」

「は？　なんだよお前、呼ばれたくなかったのか？」

「んな訳ないだろ⁉　女の子と海に行くなんて激レアイベントに誘ってもらえるなんて、嬉《うれ》しいを通り越して感動でガチ泣きしたってての！」

文字通り涙を流して喜んだらしいがその気持ちは痛い程にわかる。

今俺たちが立っている場所は、全国の十代男子が焦がれ、しかしその九九・九九％が到達できなかった黄金の地平なのだ。

「ならいいだろ。なんか自分が場違いみたいに言ってるけど、女子達はお前が来る事を快諾してくれたし、お前って〝アレ〟のおかげで教室での存在感が上がってクラスの皆からも結構愛されているんだぞ？　まあ……ちょっと歪《ゆが》んだ方向でだけど」

「は？　アレ？　愛され？　なんだそれ、訳がわから――」

「二人ともお待たせー！　陣地を確保してくれてありがとねー！」

背後から聞こえた声に振り返ると、そこには普段とは全く違う筆橋と風見原がいた。

（おお……やっぱりこの二人って相当レベル高いな……）

筆橋の水着はイエローのセパレートタイプで、首からバストまでを布で覆うハイネック型だった。

やはり普段から陸上に打ち込んでいるだけあり、そのスレンダーな身体はとても美しい曲線を描いている。普段より大きく晒《さら》した肌と、いつも通りの快活な笑顔のギャップがとても魅力的だ。

「お待たせしました。ふう、予想通り女性更衣室は激混みでしたね」

メガネを外している風見原は大人っぽいグリーンのビキニ水着で、普段は着痩《きや》せしているとおぼしき胸部を彩っているブラ部分は帯状になっている。いつも言動がフリーダムな割に男子の前で肌を晒すのは若干恥ずかしいのか、顔にはやや照れがある。

「二人とも似合ってるな。うん、凄《すご》くいい」

同級生の水着姿にごく素直な感想を告げるが、どうやらそれは二人にとって満足いくリアクションではなかったらしい。

「む……褒めてくれるのは嬉しいんだけど、新浜君ちょーっと反応が淡泊すぎない？　花の女子高生が水着姿を見せてるんだよ？」

いや、心から綺麗《きれい》だと思うし男子高校生らしく女の子の素肌を眩《まぶ》しく思っているのだが……つい最近、紫条院さんと一緒のソファで一夜を明かすというとてつもないドキドキを経験してしまったせいで、二人が望んでいるような激烈な反応が返せないのだ。

「ええ、もっと初々しい反応を見せてくれないとちょっと凹みますよ。山平君を見習ってください」

「ん？　銀次がどう……おわっ⁉」

ふと隣に目を向けると、銀次の奴は大変な事になっていた。

水着姿の女子二人に目を奪われており、顔が気の毒なほどに真っ赤である。

どうやら水着の可愛い女子に『おまたせー♪』されるこの妄想的シチュエーションの破壊力に耐えられなかったようで、完全に脳みそが沸騰している。

「これが正しいピュアボーイの反応というものですよ。こっちも見せるつもりで水着を選んでいるんですから、ちょっとは照れてみせるのが男子の作法では？」

「そうそう、これくらい真っ赤になってくれたら女の子としての面目も保たれるってものだし！　ふふ、それにしても山平君ってばピュアすぎ！」

言って、筆橋は赤面して固まっている銀次の肩を無造作にバンバンと叩《たた》く。

「ひょわあああああああああ⁉」

水着の女子に接触した事で、銀次は弾けるように吹っ飛んで砂浜をゴロゴロと転がった。

もはや完全に童貞の限界を超えており、ちょっと触れただけで羞恥《しゅうち》で心と身体が弾け飛んでしまう状態のようだ。

「おお……実に良い反応ですね。では私も……えいっと」

ぶっ倒れた銀次の側に屈みこんだ風見原は、ただでさえいっぱいいっぱいな童貞少年のうなじにツーッと指を這《は》わせた。

「ほぎょおおおおおおお!?」

すると銀次はトノサマバッタみたいに飛び跳ねて、またも砂浜に転がった。

あまりにも刺激が強すぎたようで、手足が若干痙攣《けいれん》している。

「あははは！　いやー、最初見た時は驚いたけど相変わらず山平君のリアクション面白すぎ！　なんかもう吹っ飛び方が驚いた猫みたい！」

「なんかこう……イケない事だとわかってはいるんですが、ここまで慌ててくれると女子としての自尊心が満たされると同時に嗜虐心が加速しますね……」

「おいこら！　二人して銀次をイジメんな！」

童貞男子で遊ぶ女子二人から銀次をかばうようにして助け起こすが、奴の顔は依然として茹《ゆ》でダコのように真っ赤だった。

これこそが、俺がさっき口にしていた〝アレ〟である。

(まあ、俺もこいつがここまでとは今世まで知らなかったけど……)

前世では俺たちの周囲に女っ気なんてなかったが、今世では俺が女子ともそこそこ話すようになり、その繋がりで銀次も女子と接する機会が増えた。

それで明らかになったのだが……銀次の異性への免疫のなさは相当なものだったのだ。

女子に話しかけられるだけなら顔を赤らめつつもなんとかなるのだが、ちょっと肩や手が触れるだけで童貞力が爆発し、羞恥のあまり吹っ飛んだりその場にぶっ倒れたりするのだ。

その様が演技抜きで本当に童貞マインドがオーバーフローしているのだと悟ったクラスの面々は、大っぴらに笑ったら悪いと爆笑を嚙《か》み殺《ころ》しつつも密かに大ウケしており、今ではたまの〝接触事故〟によって七転八倒する銀次をピュアすぎる天然記念物として面白がりつつも微笑ましく見守っている状態だ。

「おい、大丈夫か銀次！　生きてるか⁉」

「あ、あぁぁぁ……に、新浜……俺、もう死んでもいい……」

「アホ！　ちょっと女子にイジられたくらいで満足して逝こうとするな！」

前世の俺もちょっと女子の手が触れただけで幸せな気分になっていたから偉そうな事は言えないが、いくらなんでも満足度の上限が低すぎだろ⁉

「なんかこう……わかるんだ……俺は高校卒業後も全然モテないで……女の子と海に行けたこの日を人生の絶頂として何度も思い出すんだろうなって……」

「クソ生々しくて悲しすぎる事を言うな馬鹿野郎！」

三十歳で死ぬまでに何度も『高校時代に紫条院さんとちょっと話した事が人生の最盛期

だったな』とか考えていた俺にその台詞《せりふ》は刺さりすぎなんだよぉ！

そして、そんな俺たちが馬鹿な寸劇を繰り広げていると――

女子達がぽつりと呟《つぶや》いた。

「それにしても春華遅いねー？　先にトイレを済ませて着替え始めが遅くなったから先に行っててくださいって言ってたけど」

「確かにちょっと遅いですね。更衣室はここからすぐそこですし、迷子になってるとも思えないですが……」

その話を聞き、俺は反射的に更衣室の方向に目を向けた。

まだ午前中ということもあり、大勢の海水浴客でごった返してかなり混沌《こんとん》としている。

だが俺の無意識が紫条院さんの姿を求めていたのか、自分でも驚くほど自然と彼女の小さな影を捉《とら》え――

「……っ!!　すまん、ちょっと迎えに行ってくる！」

「え？　ちょ、ちょっと新浜君!?」

突然血相を変えた俺に筆橋が驚いた声を出したが、それに構わず俺は浜辺を全力でダッシュした。

走る。走る。前が見えないほどの人混みの中を、朝の出勤ラッシュで培ったすり抜け術で駆け抜ける。

そして——砂浜を疾駆し続けた先に、紫条院さんはいた。

すでに水着に着替えたようだが、大きな麦わら帽子を被って白いパーカーの前を閉じており、その下がどうなっているのかは全く見えない。

しかし上半身こそガードが固いが、露わになっている白い足や彼女自身の美貌《びぼう》によって周囲の男性の視線を奪ってしまっているのは一目瞭然《いちもくりようぜん》であり……その魅力に近づく悪い虫もまた出現していた。

「あの、本当に結構ですから……知らない人から物をもらうなんてできません！」

「まあまあ、そう言わずにさ」

紫条院さんはタオルや日焼け止めが入ったスポーツバッグを肩から提げており、俺達に合流しようと更衣室から出てきたばかりのようだったが、その表情は明らかに困っていた。

そしてその原因が、彼女の目の前にいる見知らぬ大学生らしき三人の海パン男たちにあるのは明らかだった。

「あ……っ！　新浜君！　迎えに来てくれたんですか⁉」

「あれ、お友達かな？」

砂の上を全力疾走してきた俺がその場に登場すると、弱り顔だった紫条院さんは顔をぱあっと輝かせた。

「ああ、遅いから迎えに来たんだ。何かあったのか？」

「ええと、それが……」

「ああ、いや、大した事じゃないんだよ」

俺が割って入ると、その大学生っぽい男Aは勝手に口を開いた。

そいつも他の二人も見た目はさほどチャラくない。髪も染めていないし、爽《さわ》やかなスポーツマンみたいな容姿で態度も決して威圧的ではない。

だが、おそらくその全てが相手の警戒心を緩めるための擬態だ。俺が現れた時に一瞬舌打ちしていたのは見逃してないぞナンパ男ども。

「ちょっとこの子にぶつかって転ばせかけちゃったんだよね。お詫《わ》びに買いすぎて余ってたジュースを渡そうとしたんだけど、どうも遠慮して受け取ってくれなくてさぁ」

（は？　ぶつかった程度でお詫びにジュース……？　ああ、いや、そうか）

なるほど、これは『見返り』の手口か。

確かにアレはナンパにも応用できるテクニックだな。

「いえ、結構です。それじゃ俺たち友達を待たせてるんで」

明確に拒絶し、その場から物理的に退却する。

最もシンプルかつ最善の対応を採って紫条院さんの手を引き踵《きびす》を返すが――

「いやいや、ちょっと待ってくれないか？　それじゃ俺たちの気が済まないからさ！」

俺たちの進路を塞《ふさ》ぐようにナンパ男Cが立ちはだかる。

よく見ればナンパ男たちが紫条院さんに向ける視線はかなり熱を帯びている。

非現実的なレベルの美少女を見つけて相当舞い上がってるようだった。

チッ、なら――

「いやー、そうですか！　そこまで言うなら受け取らない訳にはいきませんね！　友達がいっぱい待ってるんでみんなで飲ませてもらいますよ！」

俺はニコニコと営業スマイルを浮かべながら、ナンパ男Bの手からビニール袋をさっと奪うようにして受け取る。

さっきまで険しい顔をしていた俺の豹変《ひょうへん》ぶりにナンパ男たちは虚を衝《つ》かれた様子で固まったので、そこでさらにまくし立てる。

「あはは、彼女ちょっと怖がっているんですよ！　実はさっきナンパしている人を見ちゃってですね！　男の人が女の子にジュースとかスナック菓子とか渡して、相手が『悪いなぁ』と思う心につけこんで『どこから来たの？』とか『昼メシ一緒に食おうよ』とかズケズケ言い出す奴らだったんです！」

「……っ」

自分達の手口を赤裸々にバラされてナンパ男たちの顔が引きつる。

これは営業でも割と使われる手法であり、俺は勝手に『見返り』と呼んでいる。

ちょっと高めの試供品やお菓子などを渡すと、相手は少なからず『借り』を感じてその後のアンケートや商品紹介などの話を拒みにくくなる——そんな心理を突いた初歩的なテクだ。

こいつらはチャラ男スタイルで『ヘイ彼女ぉ！　俺たちと遊ばなーい？』と古式ゆかしいナンパ戦術で挑んでも成功率が低いと踏んで、下心が薄そうな外面と搦《から》め手《て》を使っているのだろう。

（そもそもちょっとぶつかったくらいでお詫びとか言い出すのが強引すぎるっての。無理矢理にでも接点を持ちたいのが見え見えだ）

なるほど、俺が今受け取ったビニール袋には中サイズのペットボトルジュースが三本入っている。ギリギリ受け取れるけど、『ちょっと悪いな』と思ってしまう量だ。

「そういう事があったんで、ついついお兄さんたちを警戒しちゃったんですよ！　皆さんは純粋にお詫びとしてジュースをくれようとしたのにすみませんね！　俺も友達のみんなも喉《のど》が渇いていたのでめっちゃ嬉《うれ》しいです！」

「あ、ああ……」

俺の大げさなくらいの笑顔と大声に、ナンパ男どもは呻《うめ》く事しかできない。

周囲の注目もにわかに集まってきたし、やりにくくて仕方ないだろう。

「それじゃ俺らはこれで！　さあ行こうぜ！」

「あ、は、はい！」

そう一方的に告げて、俺は紫条院さんを伴ってその場を離れる。手の内を看破されて勢いを削がれたナンパ男達も、今度は邪魔してこなかった。

＊

揃《そろ》って砂浜を走っていると、人混みに紛れてすぐにナンパ男たちは見えなくなる。

よし、ここまで距離を取ればもう大丈夫だろう。

「ふう、大丈夫か紫条院さ――」

言いかけて気付く。

俺の指が紫条院さんのしなやかな指にガッチリと絡んでおり、あの場から立ち去る時から今まで、俺達はずっと固く手を結んだままだったという事を。

「わわっ……！　ご、ごめん！」

「あ……」

俺が慌てて手を放すと、紫条院さんは親の手が離れた時の子どものような、なんとも名残惜しそうな声を出した。

これは……ナンパされかかった直後なので、俺の手なんかでも多少は心の安定剤になっていたのか？

「あの、その……ありがとうございました新浜君」

パーカー姿の紫条院さんがおずおずと言った。

「いきなりジュースをあげるなんて言われて意味がわからずに困っていたんですけど……あれってその、ナ、ナンパだったんですね……」

さしもの天然少女もあの行為の意味は理解できたようで、その顔には微かな怯《おび》えと動揺が見て取れた。

一般的にナンパという言葉にそこまで剣呑《けんのん》な響きはないが、実際に十代の女の子が見知らぬ男たちからしつこく声をかけられたら恐怖を覚えるのは当然だ。

「その……ごめん！　海に連れてきた張本人としてああいう浮かれた馬鹿をもっと警戒しておくべきだった！」

俺は深く頭を下げて謝った。

あいつらはなんとか撃退できたが、そもそも紫条院さんにああいう輩を接触させないように気を配るべきだったのだ。

「え⁉　な、何も謝る事なんてないですよ！　新浜君は助けてくれたじゃないですか！」

「いや、夏の海なんてナンパの坩堝《るつぼ》なのに、そこに紫条院さんみたいなとてつもなく可愛い女の子が足を踏み入れたらああなるのは当然だ。短い時間でも一人にするべきじゃなかった」

「～～～～っ⁉　も、もう、新浜君！　そ、そんなふうにさらりと可愛いとか言わないでください！　お世辞でも恥ずかしいです！」

いやお世辞じゃなくて一〇〇％本気なんだが……。

実際、さっきのナンパ騒ぎの時、周囲の男性達は紫条院さんに視線を奪われていたしな。

「その、でも……本当にありがとうございます」

寄せる波が潮騒を響かせる中で、紫条院さんはおずおずと言った。

「男の人が三人もいて、どういうつもりかもわからなくて凄《すご》く怖くて……そこに新浜君が助けにきてくれて、本当に嬉しかったです。ふふ、まるで家族が駆けつけてくれたみたいにほっとしましたよ」

染みる。

「……っ」

心から安堵《あんど》した様子で紫条院さんが笑みを浮かべ、その瞳《ひとみ》に溢《あふ》れる信頼が俺の胸に深く染みる。

だがそれはそれとして、家族という最高クラスの親密度を示す単語に息が詰まる。この海においても、この天然少女の言葉は俺の心を容易にかき乱してしまう。

「でも流石新浜君ですね……。相手は年上で何人もいたのに、言葉だけであんなに大人しくさせてしまうなんて凄いです」

「いや、大した事ないって。漫画やラノベの主人公みたいに格好良くない地味極まるやり方だったしな」

少年漫画の熱血主人公ならナンパ男どもを一喝して撃退するのだろうが、社会人経験のある俺は『馬鹿が逆ギレすると何をするかわからない』という意識が染みついているので、ああいう穏便に済ませる方向に頭が働いてしまう。

俺一人ならともかく、ナンパ男どもがキレて紫条院さんにあれ以上の恐怖を与えてしまうのは絶対に避けたかったしな。

「あはは、そう言えば、ライトノベルだとヒロインが海でよく男性に声をかけられてますね！」

「そうそう、鉄板だよな！　それで大抵主人公がやってきて、こう言うんだよな」

実際、今日の紫条院さんのようにヒロインクラスの可愛い女の子がビーチにいたら、高確率でナンパに遭ってしまうだろう。

そして、それを解決する主人公ワードはもはや定番である。

「『そいつは俺の彼女だ！　手を出すな！』ってな！　あはは……は？」

キメ顔でその台詞《せりふ》を口にしたのは、話の流れを汲《く》んだ冗談だった。

単にラノベあるあるで紫条院さんに笑ってもらいたかっただけだ。

だが――俺のその台詞を聞いた紫条院さんは、予想外にもみるみる顔を紅潮させていく。

笑うどころか言葉を失った様子で、大きく見開いた目で俺を見ていた。

そして……そんな少女の様子を見ていると、俺も顔全体が熱くなっていくのがわかった。

おそらく今、俺達は揃って顔を赤くしているのだろう。

「…………」

「…………」

形成された独特の雰囲気に、気まずいような、気恥ずかしいような妙な沈黙が降りる。

い、いかん……とにかくこの空気を破らないと……。

「ええと、その……それにしても紫条院さんがパーカー姿で良かったよ！　これで水着姿が露わになっていたら、魅力が倍増してナンパ男達ももっとしつこくつきまとってきたかもしれないし！」

「……そう、ですか？」

わざと陽気な口調で言う俺に、紫条院さんがポツリと応えてくれる。

よし、このまま空気を元に戻そう……！

「ああ、そりゃそうさ！　可愛い女の子の水着姿を喜ばない男なんていないしな！」

「……その、でしたら……」

俺が一般論としてそう言うと、何故か紫条院さんは肩に提げていたスポーツバッグを砂の上へと下ろした。

「私の水着姿を……一番初めに見てくれますか……？」

被っていた麦わら帽子を脱ぐと、紫条院さんの豊かな黒髪が翻って陽光の下で露わになる。まだ彼女の頬は紅潮したままで、その声は切なげだった。

紫条院さんの手がパーカーのファスナーに伸びる。

そしてそれを、恥ずかしさに耐えるようにしてゆっくりと下ろしていく。

その行為に本来何らやましい要素は含まれていない。

水着の上にパーカーを着るのも、それを海を目前にして脱ぐのも自然な行為だ。

けれど、秘されたものが恥じらいと共に少しずつ露わになっていくのは、紫条院さんの意思で俺だけに開示されていく様は……あまりにも扇情的に感じてしまう。

そして——とうとう身体から離れたパーカーが砂上のスポーツバッグの上にそっと置かれる。視線を遮るものは、もう何もなかった。

「その……どうでしょうか……？」

俺の目の前には、海辺の天使が降臨していた。

紫条院さんの水着は上下が分かれたビキニタイプで、本人の清楚《せいそ》さと夏の清々しさを感じさせるホワイトとブルーのチェック柄だった。

白いフリルが付いたトップスは、そのとても豊満な胸の全部を覆えずに谷間が見えており、いつもは服の下で封じられている絶大な戦闘力が解放されている。

ボトムにも腰の両サイドに可愛いフリルがあしらわれており、露わになっている白くてしなやかな脚や、無防備なおへそがとてつもなく眩《まぶ》しい。

「————————」

思考が停止する。

男としての許容量が飽和して、心の震えに涙すら滲《にじ》む。

目を奪われるとか釘付《くぎづ》けとか、そんなレベルではない。

あまりにも美しすぎて、心が捕らわれている。

これで彼女の背に白い翼があれば、ああ、やっぱり本物の天使だったのだと俺はすんなりと信じただろう。

「その……新浜君……？」

そして、言葉を失った俺を紫条院さんが不安そうに見ていた。

こんなにも可憐《かれん》で誰もが見惚《みと》れる美貌《びぼう》を持っているのに、少女はまるで小動物のように身を縮めて、上目遣いでこちらに目を向けている。

そんな様が、そういう純真な心が――その容姿以上にとても愛しい。

「あ、う、んんっ……ええと……」

本当はこのままずっと紫条院さんに見惚れていたかったが、奪われた視線と心を振り絞った意志力で自分の身体に戻す。彼女を、これ以上待たせてはならない。

「その……女の子が綺麗《きれい》すぎて涙が出るなんて、生まれて初めて知ったよ」

「えっ……」

「可愛すぎて何て言ったらいいかわからないけど……その水着、凄く似合っていて、本当に魅力的だと思う」

「――――っ！」

心を占める感動が激情のままにエンジンとして稼働し、恥も照れも超越した言葉が俺の口を衝《つ》いて出る。

貧弱な語彙《ごい》力から出た言葉だったが、紫条院さんは嬉《うれ》しくてたまらないというような弾けんばかりの笑顔を見せてくれた。

「ありがとうございます……！　新浜君にそう言ってもらえて、本当に……本当に嬉しいです！」

眩しい水着姿と綺麗すぎる笑顔が一体となり、海辺に華となって咲く。

ああ、やっぱり——俺が好きになった子は世界で一番可愛い。

三　章　ゆらゆらと揺れる海の上で

紫条院《しじょういん》さんの水着を最初に拝むという身に余る光栄に浴した後――

俺達は銀次《ぎんじ》達と合流したのだが、ナンパの魔の手から助けていたと話すと筆橋《ふではし》と風見原《かざみはら》は「「二人にしてごめんなさい……！」」と紫条院さんに何度も頭を下げて謝った。

「漫画のテンプレみたいなナンパがそんなにホイホイ寄ってくるとは……ちょっと認識が甘かったです。サーロインステーキが転がっていたらハイエナをどんどん呼び寄せてしまうんですね……」

「うん、女の子同士で気を付けないといけなかったのに、ごめんね春華《はるか》。やっぱり飢えた狼たちがいる中でローストチキンを歩かせたらダメって事かぁ……」

「いえ、それは全然大丈夫なんですけど……どうして二人とも喩《たと》えがガッツリしたお肉なんですか……？」

「いえ、その水着姿を見たら自然に……」

「だって……ねえ……？」

二人は紫条院さんのカロリーが行き渡って豊満に成長した身体へ視線を向け、『一体何を食べたらこんな恵まれた身体になるの……？』とでもいうような感嘆と羨望《せんぼう》が混じった顔になっていた。

「しかし新浜《にいはま》……お前、紫条院さんの水着姿見て興奮でぶっ倒れたりしなかったのか？」

俺の耳に顔を寄せ、ボソボソと銀次が聞いてくる。

おそらく、『普段から紫条院さん至上主義みたいなお前が、彼女の水着姿とか見たら脳みそがパーンってなると思ってた』と言いたいのだろう。

「いや、倒れはしなかったぞ。まあ、紫条院さんの水着姿が美しすぎて実は数秒くらいマジで呼吸を忘れてたけど」

「普通なら冗談だけどお前の事だからマジなんだろうな……もうちょっと気を付けて生きろよお前……」

銀次が呆《あき》れた様子で言う。

いや、そうは言うがな。紫条院さんが恥じらいながらパーカーのファスナーを開いていくところとか……なんかもう、凄《すご》かったんだぞ？

「そういや銀次。お前、紫条院さんの水着姿を見ても妙に平然としてるな？　筆橋さんと風見原さんの水着で照れまくって耐性がついたのか？」

「ああ、いや、友達が好きな子の水着姿をしっかり見たら悪いと思って、紫条院さんを見る時は薄目にしたり視線を逸らしたりして直視を避けてるんだよ」

「さっきから妙に細目だと思ったら……お前、いい奴過ぎない……？」

そりゃ本音で言えば紫条院さんの水着姿なんて俺以外のどの男にも見て欲しくないが、まさかそんな男心を汲み取ってくれるとは……。

「さて！　それじゃあ全員揃《そろ》ったことだし早速海入ろっか！　あ、でもその前に全員で準備体操ね！　こればっかりはおろそかにしちゃダメだから！」

スポーツ少女の筆橋がパンと手を打って皆へ促し、紫条院さんの水着姿を見てすでに満足していた俺は、そもそも俺達はそのために来たのだったと本来の目的を思い出す。

そうして——前世ではあり得なかった女の子達と海で遊ぶという一日は、さらに次のステージへと移っていくのだった。

＊

「あはははっ！　もう、美月《みつき》さん！　そんなにバシャバシャしないでくださいーっ！」

「ふふふ……！　それは無理な相談です春華！　友達と海に来てキャッキャウフフできるとか私は今、人生最大にテンション上がってますから……！」

浜辺から見つめる先に広がっている光景は、眼福としか言いようがなかった。

紫条院さんと風見原の二人が海の浅瀬に浴したまま、楽しそうに水のかけ合いをしているのだが、二人とも実に楽しそうだ。

紫条院さんのみならず、風見原も今イチ交友関係が乏しいタイプ（ぼっちと言ったら顔を真っ赤にして怒った）のようで、ああやって友達と海でジャレ合うというシチュエーションに夢中になっており、かつてないほどにはしゃいでいる。

（ちょっと目の毒なとこあるけどな……）

風見原は妙にオッサン気質《きしつ》な所があり、たまに紫条院さんにボディタッチを仕掛けて彼女を真っ赤にしつつ「ひゃんっ⁉」と変な声を出させている。

それに対して紫条院さんも「も、もう、やりましたね美月さん！　なら私もこうですー！」と抱きついて一緒に海に沈むという可愛い技を披露するのだが、少女たちの濡《ぬ》れた水着同士が密着して肌が触れ合うのは、なんとも悩ましい光景だった。

ちなみに筆橋は『海だぁぁぁぁぁぁ！　泳ぐぞぉぉぉぉぉぉぉ！』と絶叫して突撃

し、スポーツ少女の本領を発揮している。今はやや沖の方をサメと見まごうようなスピードで爆泳して水しぶきを上げているのが見える。

（良かった……みんな本当に楽しんでくれているな）

こうして、好きな人や友達が心から楽しんでいるのを見るのは本当に嬉しい事だった。

自分の発案した事が誰かの笑顔になるというのは、前世じゃなかなかない事だったのでなおさらそう感じる。

「新浜様。楽しんでいらっしゃいますか」

「え？　あ……夏季崎《かきざき》さん！」

パラソルの下に座っている俺のそばに、いつの間にか今回の運転手を担当してくれている夏季崎さんがいた。

場所に合わせたのか、スーツからアロハシャツに着替えており、見た目は完全に子どもを海水浴に連れてきたお父さんだ。

「皆さんの邪魔にならないように引っ込んでいるつもりでしたが……新浜様には一言お礼を言っておかねばと」

「お礼……ですか？」

「ええ、お嬢様に近づいていたあの不埒《ふらち》なナンパ男達の事です。実はあの時私が割り込む寸前だったのですが……先を越されてしまいましたね。気付きの早さもその後の穏便な撃退方法も見事でした」

「えっ……!?　そんなに近くにいたんですか!?」

そこまで知っているからにはかなり近くで聞いていたのだろうが、全然気付かなかった。

そう言えば、今も近くに来るまで全然足音を聞かなかったような……。

「はい、お嬢様やそのご学友の皆様をトラブルから守るつもりで遠くから見守っており、あの事態に急ぎ走ったのですが……お嬢様が絡まれてから一分足らずで新浜様が駆けつけて流石に驚きました。恋愛の力とは凄いものですね」

「い、いえ……そんな……」

夏季崎さんは本気で感心してくれているらしいが、俺の恋愛脳が雑多な人混みの中から無意識的に紫条院さんをサーチしたのは、ある意味ストーカーの資質のようであんまり誇る気にはならない。

「それに、対話で引き下がらせたのは本当に助かりました。もし彼らが暴力に訴えるようでしたら、私が割って入って『お話』しないといけませんでしたからね」

「ヒェ……」

普段は全身スーツだからわからなかったが、穏やかな笑顔で言うアロハな夏季崎さんの身体は、細身ながら警察官や自衛官もかくやとばかりに筋肉がムキムキだった。明らかにただの運転手さんに必要なマッスルではない。

しかも……口調も表情も穏やかだが、その声にはナンパ男達に対して静かな怒りがある。やはり紫条院さんは、家の使用人的立場の人達からもとても愛されているらしい。

「ともかく、新浜様が駆けつけたからこそ、お嬢様は怖い思いを引きずる事もなく、ああして海を楽しめているのだと思います。同僚の多くも応援しておりますので、その想いの深さとハートの強さで今後もしっかりと励んでくださいませ」

「あの……もしかして、俺が春華さんの事が好きって紫条院家に勤めている人には結構バレて……？」

「ははは、結構どころか紫条院家の者全員が知っていますよ」

「ふぁっ⁉」

「何せ同僚たちの間では最高にホットな話題ですから。あの日に大人げなさ全開の旦那様《だんな》と渡り合ったことは周知の事ですし、何より奥様が嬉々《きき》として何度も話題に出しますからな。知らないのは当のお嬢様だけかと……」

ちょ、ええええええ⁉　な、何してくれてんだ秋子《あきこ》さん！　なんで家全体に俺の恋愛感情を触れ回っちゃってるの⁉

「ははは、何やら驚いていらっしゃるようですが、私はそろそろまた引っ込んでいますね。ああ、それと――」

驚く俺を面白そうに笑い、夏季崎さんは踵《きびす》を返す。そして、こちらに背を向けたまま立ち去る直前で言葉を投げかけてきた。

「新浜様は大人顔負けの気遣いや冷静さが持ち味だとは思いますが――堅物のまま若い時代を過ごしてしまったオッサンとしては、こういう場ではもっとはっちゃける事をおすすめしますよ」

そう言って、隠れマッチョ運転手は去っていった。

同じようなオッサン時代の経験がある俺には、おそらく夏季崎さんが想像しているよりその言葉はずっと染みる。

「やっぱ若さが足りなく見えるんだろうなあ俺……」

熱い陽光の照りつける下で、俺はポツリと呟《つぶや》いた。

おそらく、俺の精神年齢はかなり高校生に近づいている。

やはり若い肉体というものは強烈に精神を引っ張るようで、今の自分は決して前世における三十歳の自分ではない。

とはいえ……やはり大人から見れば普通の高校生というにはやや落ち着きすぎな状態に

なっているのだろう。時宗《ときむね》さんにもフレッシュさがないとか言われたし。

と、そんな事を考えていると——

「何やってんだ新浜あああああああああああっ！」

「おわっ⁉　ぎ、銀次⁉」

夏季崎さんが去った後に入れ替わりで現れたのは、海から上がってきたばかりらしきズブ濡れの小柄で童顔短髪の男——山平《やまひら》銀次だった。

何やら普段のこいつらしからぬハイテンションだが……。

「お前、さっきから見てたけど、パラソルの下で座ってたり砂浜を歩いたりしかしてないとかどういう事だよ⁉　他の面子が楽しそうにしているのを見て、嬉《うれ》しそうに微笑んでるんじゃねーよ！　お前は子どもを見守るお父さんか！」

「え、いや、お前……何でそんなにヒートアップしてんの……？」

こいつがこんなにも声をデカくしているのは初めて聞いた。

なんだその吹っ切れ具合は。

「ははは

っ！　実はさっき筆橋さんと風見原さんに海の中でツンツンされて、水面をトビウオみたいに跳ねるオモチャになってきたばかりだ！　何度も何度も女子にイジられる幸せが限界突破して俺の頭はとうとう馬鹿になった……！」

「お、おう……」

どうやらこの夏の海というロケーション効果と童貞への刺激の強さのあまり、脳みそに負荷がかかりすぎてとうとう火を噴いたようだった。もはや居酒屋を三軒くらいハシゴした後みたいなノリである。

「とにかくお前を連行する！　おりゃあっ！」

「ちょっ、ぐぇ!?」

突如、銀次は右腕を俺の首に回してヘッドロックのようにガッチリと極《き》めてきた。

そして、そのまま海へと駆け出して俺をグイグイと引っ張っていく。

「お、おい！　ちょっと待てって！　お前どうし――」

「お前に何があってそんなに変わったのかは知らねえよ！」

え――

「今かなり馬鹿になってるから言うけどなー！　長らく友達やってる俺からすれば、お前のイメチェンっぷりはあり得ないレベルで、それこそ異世界から帰ってきたとかじゃないと説明できないレベルだよ！　外見は特に変わってないのに中身がメチャクチャパワーアップして何でも上手くやりやがって！」

突然そう言われて目を白黒させる俺を引きずりつつ、銀次はなおもズンズンと浜辺を歩いて海へ近づいていく。

「けどな！　落ち着きやら余裕が出たのはいいとして、それを海に来た時にも発揮すんなアホ！　こんなシチュエーションで馬鹿にならないでどうするよ！　——せぇぇぇぇぇいっ！」

「銀次、お前……ごぼぉっ!?」

前世からの友達の言葉に感じ入っていると、突然海の浅瀬に全身を叩《たた》き込《こ》まれた。

うっかり口に入ってしまった海水から、突き刺すようなしょっぱさが口内に広がる。

「げほっ、げほっ、ちょ、お前一体何……を……？」

「ふふ、ようこそ新浜君。皆で待っていましたよ」

海面から顔を出した俺の眼前に立っていたのは、銀次ではなく紫条院さんだった。

長い髪をポニーテールにまとめており、何ともご機嫌な笑顔を俺に向けていた。

そして、その傍らには筆橋と風見原も揃《そろ》って立っており、何やらニヤニヤした笑みを俺に向けている。

な、何だ？　どういう状況だこれ？

「聞いてくれ女子たち！　こいつは主催者のくせに、一人だけ浜辺で俺達を嬉しそうに眺めているという大人ぶったノリの悪い事をやってたんだ！　なので今から第一回『スカした新浜をビシャビシャにする大会』を開催したいんだが！」

「ちょっ……!?」

テンションが普段の百倍くらいになった銀次が、照れる事なく女子たちに堂々と言う。

人の事を変わったとかさんざん言ってたが、お前の方が短時間で変わりすぎじゃね!?

「ええ、とっても良い案だと思います山平君！　私も新浜君の濡れ方が全然足りなくて寂しいと思ってましたからっ！」

「し、紫条院さん!?」

ニコニコの笑顔で真っ先に賛成したのは俺の想い人だった。

すでにたくさん汗をかくほど遊びまくってかなりボルテージが上昇しており、夏の海という空間をかなり満喫している様子だ。

「ふふふ、諦《あきら》めた方がいいですよ新浜君……！　これは山平君だけじゃなくて私たちの総意ですし、そもそも一人だけパラソルの下にいるなんて有罪でしょう！」

「そうそう！　何のために海に来たんだって話だよ！　皆で頭の中をカラッポにして限界まではしゃぎ尽くさないとねっ！」

見れば、すでに風見原と筆橋も意識が完全に夏に染まっており、ニヒヒとイタズラっ子のような笑みを浮かべている。

こ、これは……。

もしかして皆酔っ払ってるのに、俺だけ素面《しらふ》という飲み会のアレか……⁉

「そりゃ食らえ新浜ああああああ！」

「あはははは！　覚悟してください新浜君！」

「ふふ、濡《ぬ》れまくるといいですよ！」

「あはははははっ！　それそれっーっ！」

「ちょ、ぶべっ⁉　ぼばっ……！」

友達一同から一斉に海水の白いしぶきを浴びせられて、俺はあっという間にズブ濡れになる。

だが……むしろそれは心地の好い感覚だった。

太陽の熱で温まった海水が肌に触れる感触や、強烈な潮の香りが俺の心を懐かしい心地へと導いていく。

遙か昔――俺の主観時間では二十年以上前の幼い頃に、家族や友達とただ純粋に海に目を輝かせて遊び尽くした時の事を。

ああ、そっか――

今の俺は、まだギリギリ子どもなんだ。

ただ純粋に、今という時間を楽しんでいいんだ。

「ふ、ふふふ……！　やったなお前ら！　ならこっちもお返しだー！」

徐々に火照っていく身体と心のままに、俺は両手で水面を持ち上げるようにして水柱を立て、その小さな飛沫《ひまつ》が周囲に飛ぶと皆は楽しそうな悲鳴を上げた。

「あはははっ！　新浜君に水をかけられてしまいました！」

俺の波しぶきがかかった紫条院さんが、髪を濡らしながら子どもそのものの純真さではしゃいだ笑みを浮かべる。

「でも良かったです……！　新浜君も楽しんでくれているみたいで！」

「……っ！」

紫条院さんの安堵《あんど》が滲《にじ》んだ声で、俺は皆が俺を心配してくれていたのを悟った。

確かに……楽しそうな友人達の姿が嬉しくて、俺自身はついつい眺めるばかりとなっていた。皆からすれば、輪の中から一人抜けているように見えただろう。

そして、そんな状況をどうにかすべく、銀次が俺を強引に引きずってくる役を買って出てくれたのだ。

「よぉし……！　こっからは俺も本気で海を楽しむぜ！　とりあえずさっき海に叩き込んでくれた礼だ銀次ぃぃぃぃぃぃ！」

「ぼべっ⁉　げほっ、ちょっ、お前不意打ちすぎっ……！」

「はははは！　聞こえませーん！　油断する方が悪いんですぅー！」

遠慮なく銀次の顔面に水しぶきをヒットさせ、俺は小学生に戻ったように笑う。

皆の熱気が俺にも伝播《でんぱ》し、頭の中がとてもシンプルになっていく。

海水を友達とかけ合うなんていう子どもそのものの遊びが、どうしようもなく面白くていつまでも続けていたくなる。

「よぉーし、こっからは俺の番だ！　全員の口の中をしょっぱくしてやるから覚悟しろ！」

「ふふ、望むところです！　新浜君のそういうテンションを待っていました……！」

「大口叩きますね新浜君！　春華から水をかけられると幸せな気持ちになって動きが止まってしまう弱点は把握済みなんですよっ！」

「返り討ちだー！　山平君もろとも男子はビショビショにしてあげるから！」

「えっ⁉　いつの間にか俺も敵なの⁉」

そうして――完全に子どもに戻った俺達五人は、笑いながら飽きずにバシャバシャと水をかけ合った。

夏の海で高まった馬鹿みたいなテンションのままに、お互いに可笑《おか》しくてたまらないという純粋な笑顔で。

＊

時間は午前を過ぎ、さんざん遊んだ俺達は海の家で昼食をとる事になったのだが、その際の紫条院さんの高揚ぶりは予想以上のものだった。

「海の家！　本物の海の家ですか！　生まれて初めて見ました……！」

店の前に立った段階から、紫条院さんはまるで憧《あこが》れの文化遺産と邂逅《かいこう》したかのように瞳《ひとみ》をキラキラさせ、ちゃぶ台のようなテーブルを囲んで畳に腰を下ろすというスタイルを目の当たりにすると、その興奮はさらに高まった。

「わー！　わー！　本当に漫画と同じで畳に座るんですね！　それにこの味のある扇風機がぶーんって回っていてザワザワと賑《にぎ》やかなこの雰囲気……ああもう、最高ですっ！」

その場にある全てに瞳を輝かせてはしゃぐ天使な少女の微笑ましさに、俺達は揃って顔を和ませた。こんなにも喜びを見せてくれる紫条院さんの純粋さを見ていると、誰しも小さな妹か娘を遊びに連れてきた保護者の気分になってしまうのだ。

「春華ってあの美人さであの無邪気っぷりが反則なんだよね……。私が親だったら絶対溺《でき》愛《あい》しちゃってるだろうなぁ」

筆橋が紫条院さんの天真爛漫《てんしんらんまん》さを見てしみじみと言った。

それを聞いて俺が思い出すのは、やはり娘を超溺愛している時宗さんの事だった。

（考えてみりゃ、あの可愛さで小さい頃から『やきそば、とってもおいしいです！』とか『おとうさま、だいすき！』とか言ってたんだろうな。そりゃあの人があんなにも親バカになるのも無理はないかもなぁ）

そんな事をぼんやりと考えていると、注文した料理は早々に運ばれてきた。

テーブルに並ぶのは、焼きトウモロコシ、タコ焼き、イカ焼き、焼きそばという定番ながら最高のラインナップであり、焦げた醬油《しょうゆ》やソースの香りが腹ぺこになった俺達の胃袋をこの上なく刺激する。

「わぁ……！　私の好きなものばかりです！　お腹ペコペコの時にこれはちょっとたまりません！」

「はは、そういや紫条院さんはこういうお祭りメニューが好物だったよな。文化祭の時も美味《おい》しそうに食べてたし」

「ふぅーん……友達の私でもそれは知らなかったなぁ。流石に新浜君は春華の事をよく知ってるよね」

「う……」

筆橋がニヤニヤと意地の悪い笑みを浮かべて言い、俺は熱を帯びた自分の顔を皆から隠すようにそっぽを向いた。

どうやら男をからかう時に小悪魔的な顔になるのはウチの妹だけではなく、女の子共通の事らしい。

「ああもう、とにかく食うぞ！　いただきます！」

照れ隠しを含めてそう告げると、皆も料理に手をつけ始める。

さて、それじゃ俺も——

（あれ？　なんか妙に美味いな？）

焼きそばをすすった俺の胸中に、自然とそんな感想が浮かんだ。

目の前に並ぶメニューはごく普通の食材しか使われていないだろうに、家で食べるのと比べて何倍も美味く感じる。

（いや、そうか。これが仲間と一緒に遊ぶ時に味わう食事の味……つまりリア充メシの美味さなんだな）

海というロケーションもさる事ながら、そこに仲の良い友達&好きな女の子が加わると、食事の味というのはここまで劇的に変化するらしい。

つまり今、俺の心はかつてないほどに充足感を感じているという事なのだろう。

「それにしても春華……そんなに食べて体重的に大丈夫なんですか？　あとでダイエットが大変では？」

ハイテンションのままに海の家フードをどんどん制覇していく紫条院さんの健啖《けんたん》ぶりに、風見原が尋ねる。

確かに、紫条院さんめっちゃ食べてるな……。

「あ、はい。私ってたくさん食べてもそんなに太らないんです。だからダイエットとかはあんまりやった事がなくて……」

「は……はぁぁぁ!?　どれだけインチキな身体しているんです!?　栄養が全部胸に行くとかそういうシステムなんですか!?」

「ちょ、えええええ!?　何もしなくてそのボディ!?　私なんて部活で走りまくってようやく燃焼させてるのに!?　ず、ずるいー！」

「え、ええと……その、ご、ごめんなさい……？」

思わず羨望《せんぼう》の叫びを上げた風見原と筆橋に、紫条院さんは困り顔で謎の謝罪をした。

まあ、この二人に限らず世の女性からすれば、何もせずにあの完全なるプロポーションを保てているのはズルいと言いたくなるのもわかる。

（…………っていかん。つい紫条院さんの水着姿を思い出していた）

お昼ご飯中である今は流石に水着姿のままではなく、この場の全員がパーカーを羽織っている。しかし先ほどまで目の当たりにしていた天使の艶《あで》やかな水着姿は、何度となく俺の脳裏へフラッシュバックしてくるのだ。

（あーもう、鎮まれ俺の煩悩！　社畜だった頃はいつも忙しさでフラフラしてたから年齢の割に異性への興味が薄まっていたけど……逆に思春期真っ盛りのこの身体だと男子の本能が強すぎなんだよ！）

勝手に熱くなる頭の熱を誤魔化すように、俺は焼きトウモロコシをかじって冷たいコーラを喉《のど》に流し込んだ。カラカラに渇いていた喉に炭酸がパチパチと弾けて、色ボケ気味の頭が幾分かしゃっきりする。

「……って、うお!?　ど、どうした銀次！　なに泣いてんだ!?」

ふと隣を見ると、俺の最も親しい友人はワイワイと騒ぐ女子三人を眺めたまま尊い何かを見たかのように静かに涙を流していたのだ。

「ああ、悪い……なんか、こんなふうに海で遊んで女子たちと昼飯食べて……アニメみたいなリア充空間に自分がいる事が、信じられなくて嬉《うれ》しくて……なんか目元が潤んできちまった。胸がいっぱいすぎて、このソース濃いめの焼きそばの味すらわからねえ……」

「そ、そこまでか……」

卒業式の日にはらはらと泣いている女子のようなテンションになっている銀次は、まさに感無量といった様子だった。

さっきは女子にイジられて頭のネジが吹っ飛んでいたのに、もはや今にも『我が人生に一片の悔いなし』とでも言って往生しそうな雰囲気である。

「だからってさめざめと泣くなよ……まあ、気持ちはめっちゃわかるけど」

実際、この海行きを企画した俺ですら、この青春アニメみたいな状況に至った自分が信じられない。

俺は大人だった前世の経験を持ち越している。

だからこそ、勉強みたいに努力がモノをいう事や人を動かす事には多少のアドバンテージがあったが、交友関係はそうはいかない。

誰とも絆《きずな》を築けずに寂しい男として人生を終えた俺は、友達を作るスキルも女の子にモテるスキルも持ち合わせていなかったのだ。

(だから紫条院さんにはガムシャラにお近づき作戦を実行し続けていたけど……それが交友関係を広げる事にもなるなんてな)

それについては俺の行動の結果ではあるが、紫条院さんを含めたこの場にいる四人が俺を受け入れる器を持っていてくれたのが大きい。

何せ、周囲から見れば俺はある日突然別人のように性格が変わり、黙ってばかりの陰キャから猪突猛進な程に行動派となったのだ。

そんな俺の訳のわからない変化と青春リベンジ活動を、この場の皆は肯定的に受け止めてくれた。気味が悪いと敬遠されても仕方がない程に変わった俺を、許容してくれたのだ。

前世の勤務先がクソ人間の坩堝《るつぼ》だった分、今の自分がどれだけ周囲の人間に恵まれているかを本当に痛感する。

「お前とか、一番気味悪く思っただろうに俺の変化を最初っから笑い飛ばしてくれたしなあ……マジ感謝だわ」

「はぁ？　なんかえらく唐突だけど、友達が明るくなって何が困るんだよ？　まあ、そんな事より……お前、あんまりドカ食いして昼寝とかするなよ？　お前にゃ午後もしっかりと起きていてもらわないといけないんだからな」

「へ？　何だそれ？」

なおもジャレ合っている女子たちの声が木霊《こだま》する中で、銀次はよくわからない事を言い出した。

起きてなきゃいけないって……どういう事だ？

「いやまあ、俺も風見原さんも筆橋さんも、お前の事を応援してるって事だよ」

「？？？」

何かよくわからない含みを持たせて、銀次は意味深な事を言う。その言葉の意味を図りかねて、俺は思わず首を傾《かし》げた。

＊

取り立てて特別な事はないはずの海の家メニューはすこぶる美味しく、俺達は『ちょっと注文しすぎたか……？』と心配になるような量を、あっという間に平らげた。

俺と同様に皆もシチュエーション故の美味さを感じていたのか、誰もが若い食欲を全開にしていたのだ。

そして、今日という日は午後を迎えていくのだが――

「ふー……流石にはしゃぎ過ぎたな」

俺は木の葉のようにゆらゆらと海に揺られながら呟《つぶや》いた。

やはり十代の体力はとてつもないものがあり、午後に入っても皆のパワーは全く衰えなかった。

陸上部の筆橋はうっすらと日焼けした小麦色の肌を見せつつ、とても上機嫌に『へい男子ー！　私と泳ぎで勝負しようよ！』と言って俺と銀次に遠泳対決を申し込んできたのだが、当然の事ながら俺達は揃《そろ》って惨敗だった。

　バリバリのスポーツ少女は『え、もう撃沈!?　まだ一キロも来てない距離なのに!?』などとメチャクチャを言うので、俺達内向的なオタク二人は揃って『『運動部の基準で言うなよ!?』』と大いに反論した。体育会系は往々にして自分たちのオバケ体力を標準にして考えるから困る。

（元気だよなあ筆橋は……いや風見原もオタクサイドの人間の割に今日は結構はしゃいでいたっけ……）

　メガネを外した風見原は水着姿と相まって普段とは違う大人びた雰囲気を醸し出していた。だが中身はやはりいつものマイペース少女であり、『砂浜に埋まってみたいので協力してください』と唐突に言い出した。

　電波でも受信したかのような閃《ひらめ》きを即座に実行したがるあいつに俺達はやや面食らったが、それなりに楽しみながら全員で穴を掘ってその中にしっかり埋めてやった。

　どうやら熱砂ダイエットをしたかったようだが――

『熱うううううううっ!?　だ、ダメですこれ！　塩釜《しおがま》焼きにされてる鶏の気分です！　骨まで火が通っちゃいますって！』

地中から飛び出た砂蒸し少女は早々にギブアップし、その様を見ていた俺達は砂だらけになった格好のままつい噴き出してしまった。どうやら日差しが強すぎて熱がこもりすぎたらしい。

まあ、そんな感じで遊びまくり——すでに午後に入ってからそれなりの時間が経った。

「気の合う奴らとレジャーって本当に楽しいな……リア充達がやたらと海に来たがる理由がちょっとわかったかもしれん」

ぷかぷかと海に浮かびながら、俺はぼんやり呟いた。

仲のいい奴らと一緒に海に来るのは想像以上に楽しい。

燦々《さんさん》と注ぐ太陽の光を浴びて、海でバシャバシャとじゃれ合っていると、余計な事が全部頭から消えて、子ども時代に返ったようにただ『楽しい』だけが残るのだ。

とはいえ、俺も午前から午後にかけて遊びまくったのでちょっと疲れた。

そんな訳で、たまたま一人になったこの時間は海水浴場の端にある誰もいないスポットで休んでいるのだが——

「……に……はま……ん！」

「ん……この声は……？」

潮騒に紛れてよく聞こえなかったが、耳に届いた小さな声に俺の脳が敏感に反応した。

何故なら、それは俺にとって絶対に聞き逃せない声だったのだ。

「新浜君！　こっちですこっち！」

「え？　紫条院さん……？　ってうわ!?　な、何だそれ!?」

声がした方向へ視線を向けると、水面に浮かぶ巨大なビニール製マットが視界を占有し、俺は目を瞠《みは》った。

空気を入れて膨らませているのでカテゴリとしては浮き輪（？）なんだろうが、驚くべきはそのサイズだ。大人が二人は寝そべる事ができそうで、まるで海に浮かぶダブルベッドである。

「ふふ、期待通りの反応をありがとうございます。凄《すご》いでしょうこれ！」

浮きマット（と勝手に呼称する）の後ろから顔を出した紫条院さんは、俺のリアクションに満足そうだった。どうやらこのデカブツを押してゆっくりと泳いできたらしい。

「ああ、このデカさは流石に驚いた……どうしたんだこれ？」

「小さな頃に一目惚《ひとめぼ》れして親に買ってもらったものを、家の倉庫から引っ張り出してきたんです！　さっき膨らませたばかりなんですけど、新浜君に見せたくて運んできました！」

とっておきの玩具《おもちゃ》を快活な笑顔で紹介し、紫条院さんは水面からざばっと浮きマットの上に乗ってその縁に腰掛けた。

少し小麦色に近づいた肌からしたたる水滴が、ポタポタと浮きマットの上に落ちていく。

その様が妙に扇情的に見えてしまい、俺の頬が微かに熱を帯びる。

「新浜君もどうぞ！　ちょっと疲れているみたいですし、座っていってください！」

「えっ⁉」

朗らかに言い、紫条院さんは自分の隣のスペースを手でポンポンと叩《たた》く。

いつもの事ながら、その顔には無邪気かつ満面の笑みが浮かんでおり、自分のお誘いが目の前の童貞男子に与えている衝撃には気付いていない様子だった。

（え、いや、そりゃ嬉しいけど……！）

隣に座るだけでも未だに赤面するのに、今の俺たちはお互いに水着なのだ。

本当に最低限の布面積しかないこの状態で肩を寄せ合って座るのは、先日に自宅のソファで一緒に座った時とは全く違う危うさがある。

とはいえ……凄くいい笑顔で自分の隣をポンポンしている紫条院さんのお誘いを俺が断れるはずもない。

「じゃ、じゃあ失礼して……よっと」

浮きマットまで近づき、体重で転覆させないように注意しながら身体をその上へと上らせて、ゆっくりと腰掛ける。

マットの見えない部分に転覆防止の重りでも取り付けてあるのか、その浮力と安定性は大したもので、マットの縁に人が二人座ってもバランスが崩れる様子はない。

そして……この状況の破壊力を本当に理解したのはその直後だった。

「ふふ、いらっしゃい新浜君」

「あ、ああ……お邪魔します」

(ち、近い……！　腰とか足が当たってる……！)

紫条院さんに促されるままにすぐ隣に座った俺だが――この浮きマットは空気で膨らんでいるため、人間が二人ごく近距離で座ればお互いの身体はお互いの方向へ沈む。

そしてその結果として……お互いの腰や太ももの一部が接触してしまうのだ。

しかも――

「あ、大丈夫ですよ！　二人で座ってもひっくり返ったりしないのは、さっき美月さんや舞《まい》さんと一緒に試しましたから！」

陽気な笑顔で言う紫条院さんは、その柔らかそうな肢体を無防備に晒《さら》してくる。すぐ隣に男子がいるというのに、その魅惑の身体を少しも隠す様子がない。

ちょっと隣へ視線を動かしただけで、彼女のほっそりした腕、眩《まぶ》しすぎる足、豊満な胸、おへそが見えるお腹、艶《なま》めかしいうなじなどがゼロ距離で俺の視界へ飛び込んでくる。

その破壊力に俺の血流は一気に速くなり、俺の体温が夏の熱気をも超えそうになる。

（数歩分の距離を空けてもとんでもない破壊力だったのに……この距離はなんかこう、本当に許されるのか⁉　水着に近づきすぎた罪で逮捕されたりしないだろうな……⁉）

本当に今更だが、水着って布面積的には下着以下なのに男女ともにこれを健全なものとして受け入れているのが不思議になってくる。実際、このまま水に濡《ぬ》れた天使を直視すぎたら、俺の童貞マインドが爆発四散してしまいそうだ。

「そ、その……それにしても、こんな端っこでぷかぷか浮いてた俺をよく見つけられたな」

なるべく紫条院さんの方を見ないようにして、俺は口を動かした。

会話していないと、どうしても視界が気になって思考がオトコノコ的な方向にブレまくってしまうのだ。

「あ、はい。それが……さっき山平君が来て舞さんと美月さんと何か話したかと思うと、三人ともにこやかな表情になって『自分たちはちょっと休憩するけど、新浜君があっちでヒマそうにしてたから、ちょっと相手をして欲しい』みたいな事を言われたんです」

「へ……？　銀次がなんで……」

銀次はさっきまで俺と一緒にいたが、ちょっとトイレに行くからお前はここにいろよと妙に念を押していったのだ。

だからこそ、俺は一人でぼんやりと身体を休めていたのだが――

（あ……!?）

思い出したのは、昼メシの時に銀次が言っていた『昼寝とかするなよ？』『俺も風見原さんも筆橋さんも、お前の事を応援してるって事だよ』という意味深な台詞《せりふ》だった。

そして風見原、筆橋と何かを共謀していたらしき話から察するに……。

（あ、あいつら……！　もしかしなくても、これって俺と紫条院さんを二人っきりにしようっていう魂胆かよ!?）

誰の発案かは知らないが、もう午前中には三人の間で合意が成されていたらしい。もしかしたら、海に行く前から密かに企んでいたのかもしれない。

（まったくもう……世話焼きな奴らめ……）

ニヤニヤしながら紫条院さんに俺の居場所を伝えたというあいつらの顔を思い浮かべると、絶対に面白がっているだろうと思う。だがそれでも、二人っきりになれたこの状況は気恥ずかしくはあっても嬉《うれ》しくない訳がない。

「その、もしかして一人で楽しんでいたのなら、ごめんなさい。でも……」

すぐ隣に座る紫条院さんが、ゆっくりと言葉を紡ぐ。

さっきまでかなりテンションが高かったはずだが、こうして隣り合って座ってから物腰はむしろ静謐《せいひつ》なものへと変わっている。

「変な話ですけど、新浜君が一人でヒマしていると聞いたら、なんだかとても『もったいない』なんて感じてしまって、つい来ちゃいました。ご迷惑じゃなかったですか……？」

「は⁉　いやいや迷惑な訳ないって！　海に揺られているより紫条院さんと一緒にいた方が百倍楽しいに決まってるだろう！　……あ」

反射的にオブラートに包まない未加工の言葉をぶちまけてしまい、俺は顔を羞恥《しゅうち》に染めた。水着の紫条院さんが隣に座っているという特殊な状況のせいで、つい頭で思った事がすぐ口から出てしまったようだ。

「そ、そうですか……百倍はちょっと言い過ぎですけど、ありがとうございます……」

ストレートすぎる俺の言葉に流石に紫条院さんもやや面食らった様子で、照れたような笑みを返してくる。

「でも、それなら……」

安堵《あんど》するように一息吐き、紫条院さんは俺の顔を見上げるような……俗に言う上目遣いで俺の顔を瞳《ひとみ》に映す。

「このまま、私のお喋《しゃべ》りに付き合ってもらってもいいですか……？」

肩が触れてしまう距離でおずおずと切り出した少女のお誘いに、俺が断る理由は何もなかった。

「あ、ああ。俺で良かったら話くらいいくらでも付き合うよ」

「そうですか！　ふふ、ありがとうございます！」

高校生には目の毒すぎる水着姿の紫条院さんからお誘いを受ければ、地球上でそれを断る独り身の男子なんていないだろう。

そんな事を頭の片隅で考えつつ、俺は顔を赤面させたまま隣り合う紫条院さんから数センチだけ遠ざかるように座る位置をズラした。

紫条院さんは気にしていないようだが、近距離すぎてお互いの腰の一部が触れてしまっているこの状況はあまりにも危険すぎる。

「…………………」

「……ん？　ど、どうした紫条院さん？」

ふと気付くと、紫条院さんがじーっと俺を見ていた。

しかも解せない事に、その目の向きは俺の顔ではなく、全身を観察するかのような興味の色が濃い視線だった。

「いえ、新浜君ってとってもいいカラダしてるなって……」

「ちょ⁉　な、何を言ってるんだ⁉」

多くの場合『エロい身体しやがって』という意味となる言い回しが、清楚《せいそ》なお嬢様である紫条院さんの口から放たれた事実に俺は面食らった。

「男の子の身体なんてまじまじと見た事がなかったのですけど……やっぱり筋肉があってガッチリとたくましいですね。女の子とは全然違います」

「あ、ああ。まあ春からランニングしてるからな。それなりに引き締まってはきたよ」

どうやら純粋に男女の身体の違いに興味をひかれただけのようであり、『いいカラダ』にそういう意味があるとは知らなかったらしい。

俺はふうと安堵の息を吐くが――

（ちょっ、見過ぎ！　見過ぎだって！）

紫条院さんはなおも興味深げに俺の身体を観察していた。

普段の生活では目にしない男子の肉体が珍しいのはわかるが、見目麗しい少女に肩やら腹やら胸やらをじっくりと見られるのはあまりにも恥ずかしすぎて、もはや何かのプレイのようである。

「そ、その……そ、そろそろ勘弁してくれないか？　正直死ぬほど恥ずかしい……」

「あ……!?　ご、ごめんなさい！　わ、私ったら何てはしたない事を……！　完全にセクシャルハラスメントでした！」

どうやら無意識だったようで、紫条院さんは自分のガン見からようやく我に返って大慌てで謝罪した。

まあ男女平等の精神に則るなら確かにセクハラとなる行為だが、ハラスメントとは相手が嫌がっているかどうかが焦点だ。

今回の場合、俺自身が恥ずかしく思いつつも『筋肉がガッチリでたくましいですね！（意訳）』とランニングの成果を褒められたみたいで嬉しいと思っているのでセーフである。

（そもそもこうやって肌を露出しまくってる紫条院さんの隣に座っているだけで、俺の方が現在進行形でセクハラしてるんじゃないかとビクビクしてるしな……。この状況をあの過保護社長に見られたら何て言われるやら）

ん？　そう言えば……。

「ところで、時宗さんに海行きの事を話した時ってすんなりいったのか？　許可をもらえたっていう結果だけは聞いたけど……」

一応俺なりの策は授けたつもりだったが、あの過保護パパ相手に波乱がなかったとは思えない。もしや親子喧嘩《おやこげんか》になったのではないかと心配してしまう。

「あ、よくぞ聞いてくれました新浜君！　お察しの通り、全然すんなりとはいかなかったんですよ！」

紫条院さんは反省と羞恥の表情から一転させ、可愛く頰を膨らませて言った。どうやらやはり一悶着《ひともんちゃく》はあったらしい。

その詳細を語り出した紫条院さんによると……予想通り時宗さんは海行きに大いに難色を示したようだ。

そして、その後の展開は俺の予想した通りだった。時宗さんは『可愛すぎる娘が男の前で水着になるなんて嫌だあああ！』という本音を口にする訳にもいかず、安全性の問題を強調して反対の姿勢をとった。

しかし夏季崎さんが保護者代わりに同伴するという事前の策で安全面は解決。いくら弁の立つ時宗さんでも、もはや理屈で反対するのは不可能となったという顚末《てんまつ》だったらしい。

「その後もお父様ったらとーっても騒がしかったんです！　最後はお母様や夏季崎さん、それに冬泉《ふゆいずみ》さんからもたしなめられて、『立場が……！　最近この家での私の立場が弱い……！』とか呻《うめ》いて落ち込んじゃってましたけど」

家にいる家族や使用人一同からフルボッコにされた時宗さんを想像し、俺はちょっと気の毒になってしまう。

すみません時宗さん……察しているでしょうが、紫条院さんを海に連れて行くために父親を論破する案を考えたのは俺です。でも反省は全然していません。

「そんな感じで一筋縄ではいかなかったのですけど、こうして無事に海行きを勝ち取る事ができたんです！」

「そっか……頑張ったな紫条院さん」

戦果を誇るようにむふーっ！　と可愛いドヤ顔を見せる紫条院さんを、俺は心から賞賛した。いくら俺が策を授けようと、紫条院さん自身が気合いを入れて主張しなければ父親の説得はなしえなかっただろう。

四ヶ月前に比べると、彼女は意思の主張を覚えてどんどん心が強くなっていってる。

それは、俺の懸念する最悪の未来を回避するために必要な力であり、喜ばしい事この上ない。

「ふふっ、何せ海ですからね！　友達と海！　ずっと憧《あこが》れていたもののためにはお父様の説得にも熱が入るというものです！」

俺達の頭上で輝く夏の太陽よりもなお眩《まばゆ》く、紫条院さんは無邪気に笑った。

「素敵な事に、実際に来てみると想像よりも遙かに楽しいんです！　ワクワクするままにみんなと遊び回って、一緒に美味《おい》しいものを食べて……はしゃぎすぎて誰かに責められるかもしれないなんて事を考えずに、楽しい事だけがあるんですから！」

言葉の端々から、紫条院さんがこうまで喜んでくれている理由の一部が見えてくる。

俺が海へのお誘いをした際、家族と海に行った事はあっても友達とはさっぱりだったと紫条院さんは言った。

それはおそらく、美人な紫条院さんが目立つと『調子に乗っている』と言い出す女子が幼少時からいつも一定数いたという話と無縁ではないのだろう。

「だから、本当に新浜君には感謝しているんですよ」

気付けば、紫条院さんが俺へ微笑みを向けていた。

浮きマットに乗った俺達の物理的な距離と同じく、その笑みには家族にそうするような近しい親しみがあった。

「いつもいつも……新浜君は私の喜ぶ事ばかりしてくれます。全然お返しが追いつかなくて、ちょっとズルいくらいです」

イタズラっぽい表情を見せながら、紫条院さんはごく近くから囁《ささや》いてくる。ただでさえお互いの距離が近いのに、いつもとはちょっと違う顔を垣間見せる水着少女に、俺の心臓は激しいビートを刻んでしまっていた。

「あ、う……な、何言ってるんだよ。海に誘ったのは俺が仲の良いメンバーで行きたかったからで、紫条院さんがそこまで喜んでくれるなんて想像してなかったんだからな？」

照れ隠しのようにそう言うが、大筋は嘘ではない。

この海行きを企画したのは俺が深刻な紫条院さん分欠乏症にかかり、残る夏を一緒に遊びたいと思ったからだ。

いくら以前より仲良くなったと言っても、海へ誘うという今までのラインを明らかに越えた行為に紫条院さんがどう反応するかなんてさっぱり予想できず、お誘いの前はずいぶんと逡巡《しゅんじゅん》したものだ。

「ふふ、その仲の良いメンバーに私を入れてくれた事を嬉しいと言っているんですよ。それで……新浜君自身は今日をしっかり楽しめましたか？」

海の開放感のせいか、普段よりもさらに余裕を感じさせる紫条院さんが穏やかな表情で言う。

海に浸かった足を動かしてチャプチャプとしぶきを立てている様は、子犬が尻尾《しっぽ》をパタパタさせているのを連想させ、彼女がこの時間を快く思ってくれているのがわかった。

「そりゃあ……楽しかったよ。余計な事を一切考えないで頭を空っぽにして遊ぶのは凄《すご》く心地好かった」

そしてそれは、今日一緒に来てくれた友達全員のおかげだった。

皆が楽しそうにしている様を見て眩《まぶ》しさに目を細めるという、俺の大人ムーブを無理矢理吹っ飛ばし、海に相応《ふさわ》しいバカな子どもにしてくれたのだ。

振り返ってみれば……俺の前世において、大人になってからの記憶は職場と自宅の往復しかなく、学生時代も自室に引きこもってばかりだった。

海でこんなにも夢中になって遊び尽くすなんて、一体いつぶりなのか……もう思い出せない。

「ただちょっと、はしゃぎすぎたかもな……ちょっぴり疲れ気味だ」

「あはは、そうですよね。私も流石に少し身体が重くて……よいしょっ」

「っ⁉」

不意に、紫条院さんが身を倒した。

ベッドに寝転がるようにして背から倒れ込み、仰向けにぽすんと寝そべって浮きマットに身体を沈めたのだ。

起こった出来事を情報として述べればただそれだけだが——それは視覚的な面で今までよりもさらに危険な行為だった。

（わ、わあああああ……⁉　ちょ、これ、ヤバいだろ……！）

あまりにも……あまりにも無防備だった。

少し小麦色に色づいた太もも、露わになっているおへそ、色っぽいうなじ、仰向けになっても重力に負けない形の良い胸——何を取っても完璧《かんぺき》としか言いようのない水着の天使が、ノーガードで俺の目の前で寝転がっているのだ。

水着姿の全てが視界に収まってしまうこの至近距離のアングルもマズいが……俺の童貞マインドを一番揺さぶったのは、紫条院さんの無警戒さだった。

人間を信用しきった小動物が安心の証としておへそを天に向けて寝るように、紫条院さんは豊かなプロポーションを俺の前に晒《さら》す事を全く気にしていない。その無邪気な信用は嬉《うれ》しいが、あまりにも目の毒すぎて辛い。

「ふぅ……あ、心配しなくても大丈夫ですよ。このマットは元々こういう使い方をするもので、大人でも二人まで寝そべる事ができるんです」

俺の激しい狼狽《ろうばい》をどう取ったのか、横になった紫条院さんがのほほんと言う。

「新浜君も私と一緒に寝てみませんか？　とっても気持ちいいですよ！」

大人顔負けの肢体を俺の前で惜しげもなく晒しながら、童女のように無邪気な笑顔で紫条院さんがお誘いをかけてくる。

そのギャップが、俺の精神をかき乱しているとは絶対に気付いていないだろう。

（頼むから、もうちょっと自分の魅力を自覚してくれ……！）

こうまで俺が慌ててしまうのは、前世から今まで異性方面の経験値がゼロなせいなのか、紫条院さんが天真爛漫《てんしんらんまん》すぎるのか……おそらく両方だろう。

ただそれにしても、そのパーフェクトボディでこうも無防備に振る舞われると、破壊力が水爆級になるという事は知っていて欲しい。マジで。

「？　どうかしましたか新浜君？」

「あ、いや……何でもない。そ、それじゃお言葉に甘えて……」

咳払《せきばら》いしつつ、俺は紫条院さんに誘われるままに浮きマットの上に背中から身を倒してみる。このまま一緒に寝て視線を空へ向ければ、これ以上余計な煩悩を抱かずに済むだろう。

そうして海上のベッドに身体を沈めて空を仰いだ瞬間——

（あ————）

俺の視界全てが青に染まった。

目に映るのは無限に広がる蒼穹《そうきゅう》だけだった。

どこまでも青く、どこまでも深く、世界から青以外の色が消えてしまったかのようだ。

あまりにも澄み切った空模様に、このままあの果てしない青に吸い込まれてしまいそうな錯覚すら覚える。

（凄い……空ってこんなに綺麗《きれい》だったんだな……）

海の上であるため人が発する音は何も聞こえずに、たゆたう波音だけが耳に届く。

海原のさざ波にゆらゆらと揺られながら、俺はその小さな非日常の景色に感じ入った。

(そう言えば……仕事に疲れた時はよく海のヒーリング動画を見てたっけ。いつか綺麗なビーチで思いっきりバカンスしたいなとかぼんやり考えながら……)

活力を与えてくれる太陽の輝きに、晴れ渡った空、優しい潮騒の調べ……そんな景色に思いを馳《は》せながらも、結局俺は死ぬまで海に足を運ばなかった。

途切れない激務のせいで海へ一人ドライブに行く余裕もなく、そしてそんな日々を仕方がない事だと諦《あきら》めていたからだ。

(……行けば良かったんだよな。海でも山でもどこへでも……)

社畜生活を送っている時でも、海や空は変わらぬ雄大さでいつもそこに在った。

俺が仕事を休むなり辞めるなりして車を飛ばすだけで、煌《きら》めく海辺の景色も、今見上げているような蒼穹も、俺を迎えてくれたはずなのだ。

(本当にアホだったよな俺……ゆっくりと自然を眺める事すら許されない人生なんて当然だと受け入れていいはずがないのに……)

「どうですか新浜君？　立ったまま見上げる空とは全然違ってちょっと凄くないですか？」

二人で並んで空を見上げたまま、紫条院さんの声がすぐそばから聞こえる。

体勢的に顔は見えないが、視線を向けずともいつもの明るい笑みを浮かべているのはわかった。

「ああ、確かに凄いな……何だか気持ちが軽くなっていく気がする」

自然の雄大さを眺めて自分がいかに矮小《わいしょう》な存在なのかを実感する事で、かつての苦しみもまた小さい事のように思えてくる。

あるいは……前世の俺もこうして景色をゆっくり眺める時間を作っていれば、ブラックな会社に囚われている自分が馬鹿らしくなり、違う人生を歩もうと思えたかもしれない。

「ふぅ……ありがとうな紫条院さん。この景色を一緒に見られて嬉しい……」

「え……は、はいっ！　私もこうやって新浜君と一緒に綺麗なものを見られて嬉しいです！」

無限の空を眺めて心地好い浮遊感の中にいた俺は、軽くなりすぎた心のままの言葉を口にしてしまう。

俺のそんな台詞《せりふ》が予想外だったのか、紫条院さんは虚を衝《つ》かれたようにちょっとだけ動揺し、直後に喜びが滲《にじ》んだような快活な声で応えてくれた。

「でも……良かったです。新浜君がとてもリラックスできているみたいで」

「え？　俺って普段からそんなに休めていないように見えてるのか？」

浮きマットに横たわった紫条院さんが漏らした声には、多分に安堵《あんど》が混じっていた。

過労死で死んだ身としては、これでも睡眠や休憩に気を遣っているつもりなんだが……。

「いえ、その……新浜君はいつも何にでも一生懸命で、私はそういう所がとっても素敵だと思っています。けれど――」

そこで言葉を切って、紫条院さんは少し言いにくそうに続けた。

「私の勝手な思い込みだとは思うんですけど……新浜君が何かに追い立てられているように見える時があるんです。全力で走り続けないと、許されない何かがあるみたいに……」

「……！」

その言葉は、少なからず俺の図星を指していた。

俺の内にある前世への後悔と、今度こそ幸せになりたいという想いは本物だ。

誰にお仕着せられた訳でもない俺自身の願望である。

しかし……

『俺にはあの悲惨な未来から紫条院さんと自分自身を救う義務がある』

『そうでなければタイムリープという奇跡が与えられた意味がない』

――そんな脅迫観念がなかったとは決して言えない。

「だから……余計なお節介だとは自分でも思っていましたけど、私は今回、新浜君には本当に心から楽しんで、安らいで欲しかったんです。お昼前に山平君たちにそれを相談したらみんな気を遣ってくれたみたいで、あの時は強引に引っ張り出すような形になっちゃいましたけど……」

「そうだったのか……」

なるほど、午前中に銀次が俺の襟首を摑《つか》んで強引に海へ引っ張って行ったのは、そういう経緯だったのか。

とすれば、あの時のあいつのハイテンションは『あんないい子に心配かけやがって！　絶対はしゃがせてやるからな！』という想いもあったのだろう。

何だか今回、俺の中でどんどんお前の株が上がってるぞ銀次。

ああ、それにしても――

「紫条院さんは本当に優しいな……」

「え……？」

「俺なんかを気にかけて、普段から心配してくれてたんだな。おかげでちょっと頭が固くなっていた自分に気付けて、夏の海を本当の意味で満喫できたよ。……本当にありがとう」

この天使な少女は俺の様子をずっと見てくれていて、俺が心から羽を伸ばせるように気遣ってくれていたのだ。前世において周囲の人間から心配されるどころか罵倒《ばとう》を浴びる事が常だった俺には、想い人の優しさが殊更に強く染みる。

「も、もう！　大げさですよ！　あんまり言われるとむずがゆくなっちゃいます！」

「いや、大げさじゃないぞ。普通、そこまで人を気遣ったりは――」

そこで、俺達は空を仰いでいた顔を横にして、隣り合って寝そべっているお互いへと向けた。

自分の顔を、相手の顔へ向けたのだ。

「「…………………………」」

そうして気付く。

今俺達は、海に浮かぶダブルベッド大のマットに二人で横たわった状態である。

その状況からお互いへと顔を向けると、両者間の距離が数センチしかない状態で自分達の顔を突き合せる事になるのだと。

先日に自宅のソファで同衾《どうきん》してしまった時も大いに狼狽したが、こうしてお互いに水着かつ横になった状態で顔がごく近くにある状況は、また別種の気恥ずかしさと言葉にし難い妙な空気があった。

「……あ、その……ええと……」

天真爛漫な紫条院さんなら、あるいはこの状況でもお互い異性である事を気にせずに無邪気なままかもしれないと思ったが、どうやらここまでお互いの目鼻が接近した状態ではいつもの調子とはいかないようで、紡ぐ言葉が出てこない様子だった。

そして俺はと言うと——

（ダメだ……目が離せない……）

童貞らしく慌てて目を逸らせばいいものを、視界が可愛くて綺麗なもので占められている幸せに、意識が釘付《くぎづ》けになっていた。

女子と男子がお互い大きく素肌を晒してマット上に同衾し、なおかつ顔は息がかかるほどに近い。

そんな状況に至り、紫条院さんはようやく恥じらいに頬を染めていた。つまり、今彼女は俺の事を男子だと強く認識しているのだ。

そんな紫条院さんを、俺もまた少女が異性である事を強く認識する。恥じらう少女がたまらなく可愛く、ずっと見つめていたいという想いが制御できない。

と、俺の頭がそんな思考でいっぱいになっていたその時——

「わっ⁉」

「きゃあっ⁉」

不意に大きな波が押し寄せて、俺達が寝そべる浮きマットを大きく揺らした。

多少なりとも周囲を意識していればさほど慌てる必要のない揺れだったが、その瞬間俺たちは頭が飽和状態であり、危機意識が限りなく薄かった。

その結果――

耳に届いたのは、ドボンッという大きな着水の音。

見えたのは、少女の身体が海中に吸い込まれていく様子。

一瞬の間に、紫条院さんは海に転がり落ちて水没してしまっていた。

「っ！　紫条院さん！」

全身の血の気が引いていく感覚を覚えながら、俺は即座に海へと飛び込んだ。

泳ぎは得意ではないが、そんな事は頭から吹き飛んでおり逡巡《しゅんじゅん》はない。

飛び込みによって盛大な水柱が立ち、俺の周囲が浮き上がる白い泡で染められる。

水中ゴーグルは浮きマットの上に置きざりであり、海水の飛沫《ひまつ》で目が痛い。

だがそれでも俺は頭から沈んでしまった黒髪の少女の姿を懸命に追い、海中に細い肩を見つけて――それを一気に引き上げた。

「大丈夫か紫条院さん!?　息してるか!?」

持ち運びのためか浮きマットの側面にはU字形の取っ手がついており、俺は左手でそこに掴まりつつ右腕で抱えた紫条院さんに呼びかける。

「ゲホッゲホッ……！　う、うう、ちょっと海水を飲んじゃいました……」

少々気持ち悪そうにしているが大事ないようで、俺は心底ほっとした。

「ふぅ……ああ、良かった」

「こほっ……あ、ありがとうございます新浜く……」

紫条院さんが俺へと礼を言おうとして、それが途中で途切れる。

一瞬怪訝《けげん》に思ったが、その理由は明白だった。

何せ俺は紫条院さんの背に手を回して肩を摑んでおり、抱き寄せて自分の腕の中に少女を閉じ込めている状態だったのだ。

今まで必死だったので状況を正しく認識していなかったが、今、俺の素肌には水着姿の紫条院さんがぴったりと密接している状態で、自分の胸板に何かとてつもなく柔らかいものが当たっているのに気付く。

「ご、ごめん！　つい咄嗟《とっさ》に……！　え、ええと、身体がどっか痛いとかないか？　自力で浮いていられるか？」

「は、はい……大丈夫です……」

問題ない事を確認すると、俺はすぐに紫条院さんの肩を離して浮きマットの上へ先に上がる。紫条院さんと肌を触れ合わせた感触がまだ生々しく残っており、彼女の顔をまともに見られない。

（と、咄嗟の事とはいえガッツリ抱き締めてしまった……しかもよく考えたらそこまで慌てるような状況じゃなかったかもだし……）

冷静に考えると、浮きマットから落ちた程度で飛び込んで助けなければならないほどの危険はなかっただろう。

確かにこの場所は足がつくほど浅くはないが、紫条院さんは泳げるのだから、待っていれば普通に水面に浮き上がってきたはずだ。

そんな事を考えつつ、俺は浮きマットの上から紫条院さんの手を取り、少女の小柄な身体を足場の上へと引き上げる。

そうして、乾きつつあった身体をびしょ濡《ぬ》れにした俺達は、再びこの巨大なダブルベッドサイズのビニール遊具の上に帰還を果たす。

「……その、悪かった。頭が真っ白になって、とにかく助けなきゃって夢中で動いちゃったけど、女の子の身体を触る事になっちゃって……落ち着いて考えたら、俺が助けに入るほどの事じゃなかったよな……」

「え!? い、いえいえ！　新浜君が私を助けるための行動だったって勿論《もちろん》わかっていますから！　こんな貧相な身体にちょっと触ったくらい何でもありませんから！」

（貧相……??）

筆橋と風見原が聞いたら猛烈にツッコみそうな言葉で、紫条院さんは寛大にも俺のフォローをしてくれた。

いや、貧相からほど遠い豊穣《ほうじょう》の果実だからこそ、俺の罪悪感も深くなっているんだよ。

「それに……貴重な体験だったかもです」

「え……」

「家族以外の男の人に抱き締められたのは、生まれて初めての事だったんですけど……驚くくらいに力強くて、ちょっとドキドキしました……」

微かな紅潮を頬に浮かべ、紫条院さんは可愛らしくはにかんでそう告げた。

男に抱き締められるなんて下手な相手だとトラウマになりかねない行為を、恥じらいや驚きはあっても決して不快ではなかったというように、照れるような微笑みを見せる。

その男心をとてつもなく揺さぶる台詞《せりふ》と笑顔を前に、俺はまるで乙女のように胸を射貫かれてこみ上げてくる甘い何かに支配されてしまう。

「え、ええ？　ど、どうしたんですか新浜君？　いきなり顔を隠して……」

「ごめん……なんかもう、まともに顔が見られない……」

もはや天使を直視する事ができなくなった俺は、両手で自分の顔を覆った。

胸いっぱいに広がる男心の高鳴りにただプルプルと無様に震え、朱に染まった自分の顔を隠す事しかできなくなったのだ。

（そもそも、今日は朝から好きな子の艶《つや》っぽい水着姿やら可愛い表情を過剰に摂取しすぎなんだよ……。ある意味海を舐《な》めてた……）

タイムリープによって大人の強さを持ち込んでいる俺だが……悲しいかな前世がまるで色のない人生であったため、女の子の魅力への耐性は中学生以下である。

夏の太陽がいよいよ西に傾きつつある中で――俺は今日という日にたびたび瞼《まぶた》に焼き付いた鮮烈な少女の魅力を反芻《はんすう》し、リア充が集う夏の海という場所の破壊力を、改めて思い知ったのだった。

四章　宴もたけなわですがカオスです

時刻は夕方にさしかかり、暮れる夕日は浜辺を橙色《だいだいいろ》に照らしていた。

昼間はあれだけ多かった海水浴客もこの時刻になると殆《ほとん》どいなくなっており、ビーチには寄せては返す波の音だけが奏でられている。

「よしよし……いい感じだな」

そんな静けさの中で、私服に着替えた俺は火ばさみを片手に炭をいじっていた。

炭に火を点けるのは慣れていないと少々手間だが、着火剤と細く丸めた新聞紙を用意してある俺に隙はない。

しっかりとオレンジ色に熾《おこ》った炭に団扇《うちわ》で丁寧に風を送り、もはや火は理想の段階へと成長しつつある。

「わあああああ……！　さ、最高です！　浜辺でバーベキューなんて幸せを私が味わっていいんでしょうか……!?」

「はは、勿論だって。沢山準備したんだからガッツリ楽しんでくれよ」

傍らにいる私服姿の紫条院《しじょういん》さんが、大型炭焼きコンロを見て目をキラキラさせながら感嘆の声を上げる。その無垢《むく》で素直な興奮こそが、頑張って準備してきた俺への何よりの報酬だった。

俺と紫条院さんが浮きマットで遊び終わった後——ややドギマギしながらも気分をリセットして浜辺に戻った俺達は銀次《ぎんじ》たちと合流し、シャワーと着替えを挟んで夕飯の時間に入る事にした。

計画段階では帰りの途中でファミレス等に行く案も出たが、俺が浜辺でのバーベキューを提案すると紫条院さんがめっちゃ喜んで賛成してくれたので、そういう事になったのだ。

(今回は『お約束』推しだったからな。アニメや漫画の定番に則るなら昼飯は海の家、夕飯はバーベキューが鉄板だからこその提案だったけど……目論み通り紫条院さんが喜んでくれて良かった)

そして、他のメンバーもそのお約束に対しての憧《あこが》れを少なからず持っていたからこそ、満場一致でバーベキュー案が可決されたのだ。やはりこういうレジャーだと野外メシの人気は凄《すご》い。

「おお、本当にバーベキューだ……。俺もテンション上がる半面、ちょっと恐れ多い感じがして震えるぜ……。海で同級生とアウトドアなメシとか、チャラい大学生サークルにしか許されないみたいな敷居の高さがあったし……」

「ええ、その気持ちはめっちゃわかりますよ山平《やまひら》君。こんなものは青春が充実しまくった選ばれし者だけが享受できる勝ち組イベントですからね」

私服姿になっている銀次と風見原《かざみはら》がしみじみと言う。

二人ともリア充の所業を前にして戦いているが、だからこそ顔には隠しきれない興奮がある。生まれて初めてのパリピ的体験に、気持ちが弾みまくっているようだ。

「という訳で唯一のリア充である舞《まい》は仲間外れです。羨《うらや》ましいのでバーベキューは肉抜きでピーマンと玉ねぎだけ食べてください」

「えええええ!? ちょ、何それー!? 私は運動部ってだけで特別に友達が多い訳じゃないって!」

「運動部に所属して活躍しているだけでライトサイドですって。この場にいる面子以外に友達がいない私や春華《はるか》とは比べものにならないキラキラ度です」

「あ、あの、美月《みつき》さん……ちょっと私、図星を指されて胸が痛いんですけど……」

風見原の言葉に、紫条院さんだけじゃなく同性の友達がお互いしかいない俺と銀次もぐっと呻《うめ》いて胸を押さえる。

最近クラスの連中ともそれなりに話すようにはなったけど、友達が増えたかというとまた違うもんな……。

「ふふ、お嬢様や皆さんが喜んでくれて実に良かったですね新浜様《にいはまさま》」

近くで折りたたみ式テーブルを設置していた夏季崎《かきざき》さんが朗らかに笑う。

本日は世話になりっぱなしなこの人は、企画者として設営の準備を主導していた俺を手伝ってくれていたのだ。

そもそも俺が事前に海の計画を伝えた時から、炭焼きコンロやテーブルセットを紫条院家から提供するように手配してくれたりと、出発前の段階から非常にお世話になっている。

「ええ、夏季崎さんも色々ありがとうございます。なんかもう、今日は俺の発案した計画のせいで過剰に労働させてしまってすみません……」

「ははは、子どもはそんな事を気にしないでいいのですよ。今貴方《あなた》がすべき事は、今日という日が良い思い出となるようにしっかりとお友達と楽しむ事です」

アロハ姿のマッチョ運転手さんは、優しい声でそんな言葉をかけてくれた。

前世では周囲に殆どいなかった『ちゃんとした大人』に俺は尊敬の念を抱き、胸中で礼を重ねた。

（良識のある人だなあ……未成年の新入社員に無理矢理酒を飲ませて笑ってたあのクソ上

司どもとは比べものにならねえ……）

「さて……手伝える分の準備も整いましたし、私めは少し離れたところで休憩しております。あまりハメを外しすぎない範囲でお楽しみください」

「え？　夏季崎さんはここで食べていかないんですか？」

「いえいえ、お嬢様。こういう場で保護者が近くにいるのは無粋というものです。夕暮れの海を眺めながらコーヒーでも飲んでおりますので、何かありましたら呼んでください」

言い残して、夏季崎さんはその場を後にした。

ああやって今日は一日中俺達を見守ってくれていたのだと思うと、本当に頭が下がる。

筆橋《ふではし》が漏らした「運転手さんっていうよりすっごく気が利く執事さんみたいだよね……」という言葉に頷《うなず》きしかない。

「よし……それじゃ最後の準備に入ろうか。食材のカットはどんな具合だ？」

「はい！　新浜君が火を熾してくれている間にバッチリです！」

包丁を拭《ふ》いている紫条院さんの傍らにあるテーブルには、適切な大きさにカットされた牛肉、玉ねぎ、ピーマン、人参などが山盛りに置かれていた。

知ってはいたが、紫条院さんの高校生らしからぬ家事スキルは流石である。

本当は俺が全部家で下ごしらえしても良かったが、こうやって皆でやる事も楽しみだと考えて現地調理としたのだ。そして、それはどうやら正解だったようだ。

「ふふ、でもこうやって皆で作ってると楽しいよねー！　文化祭思い出すよ！」

「あー、風見原さんがタコの足と一緒に自分の指を切り落としそうになった事とかな」

「ええ、あの時は血相を変えた春華に羽交い締めにされましたね。背中に当たるダブルメロンのとてつもない感触に、思わず包丁を取り落としかけたものです」

「しみじみと言ってないで反省しろよお前……」

そんな事情から食材カット係に加わっていない風見原が、マイペース全開でのたまう。

まあ、あの胸のインパクトに一瞬思考が持っていかれるのは無理ないけどさ。

「けどよ、肉も野菜もこんなに大きめに切って良かったのか？　これじゃ火が通りにくくね？」

銀次の言う通り俺の指示で肉や野菜は厚めにカットしてもらっている。

確かに焼き肉ならやや火が通りにくい厚さだが――

「ああ、問題ない！　これを使って焼くからな……！」

俺はおもむろにリュックからとある調理器具を取り出す。

誰もが目にした事はあっても、なかなか使う機会のないロマンあるアイテム――すなわち、バーベキュー用の鉄串《くし》である。

「「「おおおおおおっ⁉」」」

バーベキューを本当に憧れた形で実現させるワンポイントアイテムを見た友人達が、熱烈な反応を示して目の色を変える。

そう、バーベキューと言っても、多くの場合野外でやる焼き肉に近くなる。

それはそれでもちろん良いものだが、映画や漫画に出てくるような鉄串のバーベキューに触れる機会はとても少なく、その分俺の中での憧れは前世から強かった。

なぜ串に刺すだけでここまで心が惹《ひ》き付けられるのかはわからないが、ともあれこの場の面子の反応を見るに、このロマンは少なからず共有されているものらしい。

「ふふふ、このロングな鉄串に肉やら野菜やらをカラフルに刺して、バーベキューソースで焼き上げてから手に持って熱々をかぶりつく！　そんでもってキンキンに冷えたコーラをきゅーっと飲む……！　どうだこういうの！」

「さ、最高すぎて言う事ありません！　新浜君ってとんでもなく素敵な人なのではないでしょうか⁉」

興奮しすぎた紫条院さんが、別の意味に取ってしまうような大仰な褒め言葉を口にする。

鉄串を用意した程度でここまで言ってもらえるなんて、とんでもないコスパの良さである。

「はは、まだまだ序の口だ！　砂糖醬油《じょうゆ》もあるから焼きもろこしや焼きおにぎりもできるし、甘い物なら焼きバナナとか、焼きマシュマロで作るチョコとビスケットのスモアも用意してるぞ！」

「わあああああ……!!」

感極まった浜辺の天使が、文字通り嬉《うれ》しい悲鳴を上げる。

誕生日ケーキを目の前にした子どものように目を輝かせる無垢な様が、本当に愛しい。

「おお……ナイスです新浜君。春華を喜ばせたいのもあるでしょうが、流石の用意周到さです」

「以前はむしろズボラだったのにいつの間にか準備魔になったなお前！　俺もペコペコだし遠慮なく頂くぜ！」

「いやー、本当に新浜君って気が利くよね！　文化祭の時も思ったけど、イベントの設置や盛り上げに慣れているっていうか！」

みんなして褒めてくれるのは嬉しい事だったが、宴会の準備に対する手腕を褒められるほどに過去の苦労を思い出し、俺の内心にはひっそりと苦い気持ちが広がっていた。

かつての上司や先輩であるオッサン達は、何故か花見やバーベキューなどの屋外で酒を飲むイベントをやたらと好む傾向にあったのだが、予約するだけで済む居酒屋と違ってこれが非常にめんどい。

飲食が可能な場所の下調べ、レジャーシートを広げる場所取り、必要な器具やケータリングの手配もキツいが、普通に過不足なくこなしても宴会に慣れすぎた上司たちはなかなか満足せず、『ありきたりすぎる』『お前には上司をもてなそうという気持ちが足らない』と罵倒《ばとう》されるのが一番辛かった。

そうして、俺は上司達の満足度を上げるために『質の良いサプライズ』を求めて、宴会に応じてちょいちょい工夫を凝らし始めた。

ビンゴ大会などの余興は基本として、花見の席には風情のある桜色の日本酒を用意して方々に酌をして風流感を演出し回ったり、バーベキューには生ビールサーバーをレンタルしてきたり、アメリカンスタイルな骨付きステーキを焼いてみせて切り分けたりと、限られた予算内で色々やったものだ。

（おかげでオッサン達はあんまり不満を言わなくなったけど……そのせいで毎度毎度俺が宴会の幹事をやらされるハメになったのは本当に最悪だった……）

まあ、そういう経験から『イベントに集まる人らはどうすれば喜ぶか』というノウハウが多少学べて、今それが活かされているのだから良しとしよう。

「飲み物もいっぱいあるからな！　今日は喉《のど》が渇いただろうしガンガン飲んでくれ！」

指し示したクーラーボックスには、様々な種類の缶ジュースが敷き詰められた氷の山に埋まるようにしてぎっちり入っている。お祭りなどでもよく見かけるこれは保冷に優れるだけでなく、見た目的にも涼感を演出してくれる。

「はい、勿論《もちろん》です！　あ、どうせならアレやりましょう！　なんだかもうパーティーみたいですし新浜君が音頭を取ってください！」

「え、俺が？」

紫条院さんの言うアレが何かはすぐにわかった。

俺は一瞬目を丸くするも、他の面子からも『お前がやらなきゃ誰がやるんだよ？』と言いたげな目で見られ、苦笑しつつ了解の意を示す。

そして、俺達はクーラーボックスから思い思いにジュースを取り出してプルタブを開ける。プシュッという小気味良い音が、静かな夕方の浜辺に響いた。

「ほんじゃまあ、今日のシメだ！　各自好きに食って好きに飲んで、最後までしっかり楽しむように！　それじゃ……乾杯！」

「「「乾杯っ！」」」

かつて前世で何度となくやらされた乾杯の音頭。

上司達からの説教やグチに塗《まみ》れた苦痛の宴会の時とは全く違う晴れやかな気持ちで、俺はその言葉を口にした。

しかし――

この時の俺はまだ知らなかった。

ハプニングの種とはどこにでも転がっており、予想もしない形でそれが芽吹くのを待っている事を。

この和やかなシメのバーベキューパーティーが、盛り上がりを通り越してオーバーヒートしてしまうなど、神ならぬ身である俺にはまるで予想もつかなかったのである。

＊

野菜と肉が彩り良く連なるバーベキュー串が、炭焼きコンロの上でジュウジュウと余計な水分や脂を焼かれて仕上がっていく。

炭と肉がコラボした匂いだけでもたまらないのに、そこに調理用ハケでバーベキューソースを塗って焦がすと、誰もが喉をゴクリと鳴らさざるを得ない。

一日中遊びまくって腹ぺこな高校生の胃袋にはクリティカルもいいとこだった。

「うめえ……！　マジで美味いなこれ！」

「おいしいいいいい！　こんなのもう止まんないって！」

「毎度毎度出所不明の特技を持ってますね新浜君は……もぐもぐもぐ」

「おいおい、喉詰まらせないようにゆっくり食えよお前ら」

バーベキュー串を夢中で貪《むさぼ》る級友たちに、俺は苦笑しながら注意した。

今日は頭空っぽの子どもでいようと決めた俺だが、こうして年若いこいつらが心から美味そうに食っている様を見ると、大人のサガとしてつい嬉しくなってしまう。

「ふう、紫条院さん味はどう——」

「あ……」

最も反応が気になる少女へ視線をやると、白いブラウスに着替えた天使（ソースが飛ばないかちょっと心配である）は今まさに串の両端をつまんで真ん中からかぶりついているところだった。

その夢中で味わっている事を如実に示す微笑ましい食べ方に俺は頬を緩ませたが、紫条院さんの顔はみるみる内に紅潮していった。

「あ、う……は、はしたない食べ方をしているところを見られてしまいました……あんまり美味《おい》しくてつい……」

と言いつつも、紫条院さんは手で口元を隠しつつモグモグと肉を頬張っていた。

いかに上品な教育を受けてきた令嬢といえども、やはり空腹と美味のダブルパンチには食欲を抑えきれないらしい。

「はは、気に入ってくれたみたいで良かったよ。なんか皆が任せてくれたから俺が焼いちゃったけど、これでマズかったら総スカンだったろうしな」

「いえ、マズいどころか凄《すご》く上手ですよ！　しっかり焼けているのにお肉も野菜もパサパサになっていなくてとってもジューシーです！　新浜君ってバーベキューの達人だったんですか⁉」

「はは……まあ、ちょっとね……」

まさか社畜時代にひたすらオッサン達の肉焼き係をやっていた成果とは言えず、俺は複雑な気分で言葉を濁した。

本当にあの頃は上司達を奴隷の主人みたいに怖れていたからな……野菜にオリーブオイルを塗って焼きすぎを防ぐとか、火を熾《おこ》す時に強火ゾーンや弱火ゾーンを作っておくとか、ちょっとでも不興を買わないように色々勉強したもんだ。

「もう私何本でもいけそうです！　あ、このトウモロコシはもう良さそうですし、頂いちゃいますねっ」

ジュースを合間に交えつつも、紫条院さんはコンロ上で美味しそうな匂いを立てる品々を旺盛《おうせい》な食欲で攻略していく。

可憐《かれん》な少女が「んーっ！」と美味しさを噛《か》みしめる様も、「はふっはふっ」と懸命に食べる姿もとても可愛い。

なんだか食欲旺盛な子猫みたいで、いくらでも食べ物を与えたくなる。

「よお、新浜！　食ってるか！」

「ん？　ああ、心配しなくても俺も食ってるぞ」

紫条院さんがコンロ前に次の食べ物を確保しに行ったのを狙ったように、銀次が缶ジュースを片手に上機嫌で話しかけてきた。

「いやー、しかし本当にリア充みたいなバーベキューだな！　美味くて楽しくてどっち向いても可愛い女子ばっかで…………な、なあ、いい加減幸福すぎて心配になってきたんだが、これって夢だったりしないよな？」

「それがな、実は夢なんだ」

「えっ⁉」

「ふふ、考えてみろ銀次。夢でもなきゃこんなキャッキャウフフ成分高めの天国なんて俺らが味わえる訳ないだろ？　お前はこれから目を覚まして特に何事もなかった夏休みに涙し、手つかずな宿題の山に絶望するんだ……」

「や、やっぱり夢だったのかよ⁉　うわああああああ、覚めたくないいいいいいい！　というか主にキャッキャウフフしてたのは新浜で、俺はそこまで良い目を見てねえじゃんかよおおおおお！」

男子高校生らしさ全開の馬鹿なジャレ合いに、俺は声を上げて笑ってしまった。

肉体年齢相応の馬鹿に戻れるこいつとの会話は、大人と子どもが入り交じった俺という存在を良い方向に安定させてくれる。

「あ、そうだ。キャッキャウフフと言えば……お前午後はどうだったんだ？」

「え、どうって……？」

「紫条院さんとの事に決まってるだろ。わざわざ女子たちと計画して二人っきりにしてやったんだぞ？」

缶ジュースをグビッとひと飲みし、銀次は興味津々といった様子で聞いてくる。

女子だろうとオタクだろうと、他人の恋愛沙汰《ざた》はやはり気になるらしい。

「やっぱあれってお前らの仕業だったのな……」

まあ、おそらく首謀者は風見原だろうが、筆橋や銀次も嬉々《きき》として協力したのは想像に難くない。

「なんだよ、余計なお節介だったか？」

「いや、まあ……結果を見れば感謝するしかないって感じだな……」

お節介と言えばお節介だが、そのおかげで紫条院さんと穏やかに海を楽しめる時間が生まれたので、結果としてブラボーとしか言いようがない。

おかげで俺の脳内紫条院さんフォルダ（夏編）は、ベストショットの山で潤いまくりである。

「お、おお……という事は、ま、まさか、き、きき、キスとかしたのか……!?」

「聞いてるお前が顔真っ赤になってどうすんだよ……」

前世の事を考えると俺が言えた筋合いではないが、本当にこいつは童貞の鑑のようなピュアさである。というか、そのラブ話に期待を膨らませつつドキドキしてる女子中学生みたいな顔やめろお前。

（まあ、正直に報告できる訳もないけどな……）

思い出すのは、午後に紫条院さんと過ごしたひと時だった。

一緒に寝そべって晴れ渡った空を見上げたり、横たわったままお互いの顔がごく近くにある事実に揃《そろ》って顔を赤らめたり、海に落ちてしまった紫条院さんを助けようと、あの柔らかくていい匂いのする身体を抱き締めてしまったり……。

（絶対言えるか……！　いくら大人メンタル補正があっても恥ずかしいものは恥ずかしいんだよ!!）

「ま、まあキスとはいかなくても、おかげでまたちょっと仲が深まったよ」

「そっかあ……良かったなあ新浜……」

「……？　銀次？」

え……お前、なんで涙ぐんでるの……？

「いやよお……以前までのお前を知ってる俺としてはめっちゃ感慨深くて……あの女子とまともに会話できなかったお前が、あんな学園のアイドルみたいな紫条院さんと頑張って距離を詰めて……ホントにすげえよ……ひぐっ……」

「お、おう……ありがとう……？」

俺の困惑気味の礼が聞こえていない様子で、銀次はずびっと鼻まですすりながら、目元を濡《ぬ》らしていた。なんかどうも、今日のこいつは感極まりすぎである。

まるでダメダメな息子の結婚式で感涙する父親のような有様だが……女子にツンツンされるだけで真っ赤になって海老《えび》みたいに飛び跳ねるお前が言うんかい。

「ふふふ……何やら楽しそうな話をしてますね新浜君」

「え……風見原さん？」

横から俺に話しかけてきたのは、私服姿になってメガネ少女に戻った風見原だった。

いつもなら何を考えているのかよくわからない仏頂面をしている少女だが、今この時は口元にイタズラっぽい笑みを浮かべており、気分がかなり高揚しているようだった。

「ジュースの肴《さかな》に聞きたいんですけど、ずばり新浜君は春華のどんなところが好きなんですか？　今日くらいはべらべら喋《しゃべ》るべきかと思います」

「ちょ、おいっ⁉」

思わずこの会話が周囲に漏れていないか確認するが、幸い紫条院さんは少し離れた場所で次のバーベキュー串《ぐし》を鼻歌交じりで楽しげに焼いており、こちらの声が聞こえている様子はなかった。

「まあまあ、そう嫌がらずにこの恋愛クソ雑魚《ざこ》女にそういう潤いのあるラブ話を提供してくださいよ。こういうのは最上のエンタメ……もとい、親しい友達同士のラブなんですから、とっても心配なんですよぉ」

「今エンタメって言いやがったな⁉」

普段の風見原は寡黙でマイペースな不思議少女という印象なのだが、何故か今のこいつは他人の恋愛話が大好きなゴシップ系ＯＬのような様子である。

なんかもう、場酔いというか悪ノリが凄い。

「さあ、キリキリ吐いてください。でないと、このままバーベキューパワーでテンション上がりまくった私が、新浜君の胸板を撫《な》で回しますよぉ？」

「きぃやあああ⁉　ほ、ホントに触る奴があるか！　やめろ馬鹿！」

風見原に胸を撫で回され、俺は女子のような悲鳴を上げてしまった。

開放感のあまり普段隠されていた一面が出たのか、悶《もだ》える俺を見て風見原はニヤリと嗜虐的な笑みを浮かべる。

こ、こいつ！　銀次と同じく生まれて初めてのリア充的バーベキューが嬉《うれ》しすぎて感情が明後日《あさって》の方向に暴走してやがるのか⁉

「ああもう、言うから放せって！　どこが好きかって全部だ全部！　嫌いなところを挙げろと言われても困る！」

セクハラ魔人と化した風見原を引き剝《は》がし、音量をセーブしつつ俺はヤケクソのように言葉を叩《たた》きつける。

（くそ、流石に超恥ずかしい……！　銀次といい、俺を辱める大会かこれは⁉）

だがその言葉に偽りはない。

他の奴はどうか知らないが、俺にとって紫条院さんはその全てを引っくるめて愛しい存在であり、容姿から性格まで何もかも好ましくてたまらないのだ。

「なるほど……！　つまり新浜君はクソ重たい男って事ですね！」

「やかましい！　言われなくてもちょっとは自覚してるよ！」

高校時代のクラスメイトをオッサンになってもずっと大切に覚えていて、死の間際まで当時の写真見てたとか見方を変えればちょっと怖いしな！

正直、紫条院さんに告白してフラれたら、人生の再起を図るのにどれだけの時間が必要か想像もつかねえ！

「けど、仕方ないだろ⁉　俺だってその……こんなに気持ちがブワーッてなるなんて想像してなかったんだよ！」

タイムリープの直後は、自分の恋心すら自覚できていなかった。

だが、紫条院さんと再会して接点を持つほどに俺の心は燃え上がっていった。

あの娘によく見られたい、あの娘と一緒にいる時間を増やしたい——そんな気持ちがジェットエンジンのように自分を突き動かすだなんて、一度死ぬまで本当の恋愛を知らなかった俺にとって未知の体験なのだ。

「あははは！　それでこそですよ新浜君！　春華はマジで天使なのでその辺のチャラ男にくれてやる事はできませんからね！　今後もその調子で漬物石みたいなクソ重男でいてください！」

「クソ重男って言うなぁ！」

どうやらストライクの答えだったらしく、普段は全く見せないニッコニコな顔になった風見原の重い男認定に、俺は叫んだ。

（いくらなんでもタガが外れすぎだろこいつら……）

銀次はさっきから涙ぐんでばかりだし、風見原はニヤニヤと表情が緩みっぱなしとかなりハイになっている。

まったく、これじゃまるで前世で飽きるほど見た――

「新浜くぅん……ふへへへへ……」

「え……筆橋さん……？」

ジュース缶を片手にフラリと近づいてきたショートカット少女を見て、俺は思わず困惑の声を上げてしまった。

筆橋舞という少女はやや脳筋だったりと残念な面はありつつも、その性根はごく真面目で常識的であり、この面子の中では最も『普通の女の子』と言えるだろう。

だが、夕日の眩《まばゆ》さに浮かれたようににへーっとした顔で近づいてくるその様は、どうにもおかしかった。

なんかこう……浮かれているような、理性がちょっとおろそかになっているような……。

「今だから言うけどさぁ……本当の事を言えば、私の中で新浜君って印象がすっごく薄かったんだよね……」

「は……？　何の話だ？」

「でもさぁ、どういう事なのか全然知らないけど、文化祭あたりから何かに覚醒《かくせい》したみたいになったよねぇ……。なんかこう、ぐわーっとやったりどばーっとしたり、何で今まで自分を隠していたんだろうってくらいに凄《すご》くて……急にカッコ良くなるんだもんなぁもぉー……」

修飾語の語彙《ごい》がとても乏しい辺りが実に筆橋だったが、その言葉にはいつもの竹を割ったような快活さの代わりに、しっとりとした甘さがあった。

にへらー、とだらしのない笑みを浮かべる様は距離感を勘違いさせるパワーがあり、クラスの男子に見せたらさらに人気が出る事だろう。

「うふふふ……これ以上はもう言わないけどねー……。やりすぎると目のハイライトが消えた春華に包丁でぶしゃーってされて砂浜の赤いシミになっちゃうしぃ……」

「なんて⁉」

紫条院さんが包丁でぶしゃー……？

「まーつまり何が言いたいかと言うとぉ！　せっかくの海なんだし自信を持って春華にバーッとやってダーッとしろって事！　なんならもうギュッとしてガバッてして……うえへっへっへ……」

よくわからない事をのたまったかと思うと、筆橋は一人で勝手に盛り上がって下世話全開のニヤけ顔になっていた。

お前……そんなエロ親父みたいなキャラだったっけ？

（というか……何だかみんなおかしくないか……？）

海で友達とバーベキューパーティーというシチュエーションにテンションが上がるのは自然の事だが、いくらなんでもノリが突き抜けすぎている。

銀次は未だに泣きっぱなしだし、風見原はいつもの冷静なマイペースさが薄れてクダを巻くオヤジみたいなってるし、明るく真面目なはずの筆橋はさっきから下世話なニヤけ顔になったままだ。

これじゃ、まるで本当に——

「あ……あああああああああああああああああっ⁉」

そこで俺は気付く。

さっきから銀次たちがチビチビと飲んでいる缶ジュース。

そこにごく小さくプリントされている文字——

すなわち、『これはお酒です』という表記を。

「お、お前ら！　ちょっとそれ寄越せ！」

俺は焦りでいっぱいになりながら、三人から缶ジュースをひったくる。

俺の突然の強奪は普通だったら抗議モノの行動だったが、眠そうな目になっている三人は「おー……？」「んー……？　新浜君も飲みたいんですかぁ……？」程度の反応しかしなかった。

（うわあああああ……！　ま、マジで酒だこれぇ!?　ど、ど、どうしてこんなものが紛れて……!?）

この場に集まった面子に、隠れて酒を持ち込むような奴はいないと断言できる。

にもかかわらずクーラーボックスに酒が紛れていたのはどういう訳だ？

（そ、そうか……！　行きの途中のスーパーで飲み物やらオヤツやらを買った時に……！）

あの時、俺は別の買い物があり、銀次、風見原、筆橋に色んな種類のドリンクを買うようにお願いした。

おそらく……その時に銀次達はフルーツジュースだと思い込んで、このリキュールを何個も買い物カゴに入れてしまったのだろう。

実際、問題のリキュールはフルーツのポップな絵が全面に押し出されたラベルデザインになっており、こうしてじっくり見ないと酒類であるという表示には気付けない。

（カゴの中で大量のジュースと紛れて、未成年なのにレジも問題なく通っちゃったって事かよ⁉　もうちょっと目を光らせろやレジ打ち係ぃぃぃぃぃぃ！）

胸中で叫び、俺は頭を抱えた。

幸い、皆が飲んでしまった量はさほどでもないようなのでいきなり体調が悪くなったりはしないだろうが、一日中遊び回って疲労しているせいかどいつもこいつも酔いはそれなりに回っている。

（な、なんつう失態だ……！　大人をやってた俺がいながら未成年の飲酒を許してしまうなんて……！）

買ったジュースをクーラーボックスで氷漬けにする作業をやってくれたのも銀次達だったので、俺が紛れた酒の存在に気付くのは困難だったとは思う。

だがそれでも、大人の経験がある俺が見落としてしまったのは落ち度としか言いようがない。

「うおおおおお新浜あああああ！　俺を連れてきてくれてありがとなああああああ！」

「おわあ⁉　ちょ、おい離れろ銀次！　泣き上戸なのはこの頃からかよぉ⁉」

思い起こせば、前世で一緒に酒を飲んだ時もこいつはこんな感じだった。

もっとも、前世で流していたのはままならない人生への悲哀の涙であり、今流しているのは紛れもない歓喜の涙だろうが。

「いっじょうの思い出にずる……！　俺のじんぜいのざいこうの日だぁ！　おおおおおおおおお……！　いぎででよがったああああああ！」

「いいから離れろ！　泣いてる男に縋《すが》り付かれて喜ぶ趣味はねーっての！」

ワンワンと号泣する銀次を、俺はなんとか引き剝がす。

すると、今度は筆橋がニヤニヤ顔で俺へ話しかけてきた。

「ふへへへ……ところでさぁ、午後に春華と二人っきりでどーだったのぉ？　人目がないのをいいことにぃ、あのたゆんたゆんに実ったマスクメロンとか丸々としたピーチとか堪《たん》能《のう》しちゃったぁ……？」

「んな訳あるかぁ！　猥《わい》談《だん》で盛り上がるオッサンかお前は⁉」

「えぇーもったいなーい！　更衣室で見たけどさぁ、あのダイナマイトなボディも勿《もち》論《ろん》だけどさぁ、鎖骨の下にあるホクロがもうとってもエッチでねぇ……ぐえっへっへっへ……」

普段の健康的な陸上美少女の雰囲気とは真逆に、筆橋の酔い方はセクハラ親父すぎた。

この後こいつの記憶が残っていたら、さぞ自分の言動に悶え苦しむ事だろう。

と、そんなムッツリなクラスメイトのニヤけ顔を痛ましく眺めていると、今度は一番酔っ払っている様子の風見原がずいっと俺へ接近してきた。

「聞いてまずがあ新浜ぐん！　私ぃ、無愛想だから文化祭の時にあんな無表情ヒロインみたいな顔してまじだけどぉ！　新浜君が何もがもずぐってくれてぇ、死ぬほど感謝してたんでずよおおお！」

風見原が俺に頭突きするかのような距離に接近し、居酒屋を三軒ハシゴしたみたいな状態で叫ぶ。視界いっぱいにメガネ少女の見目麗しい顔（口を開かなければ）が広がるが、これでは色気もへったくれもない。

「でもそれはそれとしてぇ！　リア充全開で文化祭デートしてたのは羨ましずぎで爆発じろって思ってましたあああああ！」

「仕組んだ張本人のお前が言うなよ⁉」

ああもう、収拾がつかん……！　銀次は号泣しているし、筆橋はエロい事ばっか言ってニヤけまくっており、風見原はくだ巻きマシーンと化している。

酒は取り上げたというのに酔いは回りっぱなしであり、どいつもこいつもまともな会話は不可能である。

（地獄かよ……）

一人だけ素面《しらふ》な俺が、酔っ払いどもの世話をさせられる——前世でさんざん味わったこの最悪な貧乏くじ役が降りかかってきた事を認識し、俺は暗澹《あんたん》たる気分になる。

「——新浜君」

「あ、紫条院さんっ！　実はちょっと大変な状況に……！」

ふと背後から聞こえた天使の声に、俺は喜色を露わにして振り返った。

三人のカオスっぷりに一人だけ正気の世界に取り残されたような絶望感があったが、この場にはまだ最後の希望が残っていた……！

——と、そう思っていたのだが。

「へ？」

胸板に感じたのは、ふにょんとした信じられないほど柔らかい感触だった。

同時に首にすべすべしたものが触れて、人肌の温かさが俺を包んだ。

これまで何度か嗅《か》いだ事のある甘い匂いがふわっと周囲に満たされて、突然の事に俺の思考が真っ白になる。

俺の首に腕を回す形で、紫条院さんに正面から抱き締められている——

そう理解するのにたっぷりと五秒ほどかかった。

「な、なななな!?　し、紫条院さん、何を……!?」

「ふふ、ふふふー……」

耳元で聞こえたのは、フワフワした紫条院さんの声だった。

まるでお風呂《ふろ》で鼻歌を歌うかのように、声音が実に軽い。

「うふふー……捕まえましたよぉ新浜くん……」

（こ、これは……！）

呟《つぶや》く紫条院さんの瞳《ひとみ》はとろんとしており、とても艶《つや》やかに微笑んでいる。

火照ったその顔を見るに、理性が本日休業の看板を出しているのは明らかであり、もはや夢の中にたゆたっているかのような有様である。

（し、しっかり酔っ払っていらっしゃるううううう⁉）

「あはははー……なんだかぽーっとしてふわふわして、すっごくいい気分ですー……」

浮遊感に溢《あふ》れた様子で、紫条院さんが呟く。

赤く色づいた顔、とろんとした瞳、若干呂律《ろれつ》が怪しい喋《しゃべ》り方――どこをどう見ても完全にアルコールに呑《の》まれている。

「しょ、正気に戻れ紫条院さん！　今の自分のおかしさに気付いてくれ！」

俺は顔を真っ赤にして焦りながら、理性を総動員してそう呼びかける。

何せ、今俺は現在進行形で紫条院さんに抱きつかれているのだ。

今までも紫条院さんと身体的接触はあったが、それはいずれも紫条院さんの無防備さや事故などが原因でそうなったという偶発的なものだった。

だが――今回のこれは、紫条院さんが能動的に俺を抱き締めているのだ。

いくら理性が溶けてしまっているせいだとしても、他ならぬ恋い焦がれる少女の意思による抱擁は今にも俺の心臓が破裂してしまいそうな破壊力であり、こっちの思考力も別の意味で消し飛んでしまいそうだった。

「あはははは、にゃに言ってるんですかにーはみゃ君！　私は別におかしなところにゃんてありませんから！　ふふふふ……綿アメになってお空ぷかぷかぁ……お風呂に浮かぶアヒルさんもぷかぷかぁー……」

（い、いかん……！　マジで理性が残ってない……！）

数多《あまた》の酔っ払いを見てきた俺の経験上、言ってる事がよくわからん時はこっちの言葉もあまり通じていないケースが多い。

つまり、相当に出来上がっているという事であり、正直なところ俺一人では手に余る状態だが――

「うおおおおっ！　新浜ぁ！　夏の海でハグとか羨《うらや》ましいからくたばれえええぇ！　でもそれはそれとしてよがっだなあ新浜あああああ！」

「あはははははは！　春華が攻め攻めです！　そこですそこぉー！　童貞なんてちょっとしなだれかかってやれば開幕十割ＫＯですってぇ！　ラブコメ漫画にもそう描いてありますぅー！」

「うひゃー！　やれやれ春華ー！　そのズルいボディで一夏の思い出がアバンチュールでサマーフェスティバルだー！」

（だ、駄目だ……！　どいつもこいつも使い物にならねえ……！）

銀次、風見原、筆橋の三人は依然として思考能力が著しく減退しており、さっきからアホな事しか言えてない。

飲んだアルコール量は少ないはずなのに未だに誰もが赤ら顔であり、俗世における全ての苦悩から脱却したかのようにはしゃぎまくっている。

「と、ともかくちょっと離れてくれ！　な！」

「あ……」

ふわりと薫る少女の甘い香りと、俺の胸板に触れている二つの信じられないほどに柔らかい感触。その他諸々の要素によるゼロ距離の魅力という暴力で俺の脳が沸騰する前に、やや強引に紫条院さんを引き離す。

「うう……離されてしまいましたぁ……やっぱり、海ではしゃぎ倒して海水臭くなった女の子なんかがくっついたら嫌ですよねー……」

「へ!?　い、いや、聞いてくれ。紫条院さんは気付かない内にアルコールを飲んでしまっていて、今ちょっと行動が変に――」

「うふふ……いいんですー……。どうへ私なんふぇ、今まで友達が殆《ほとん》どいにゃかった寂しい女子ですしぃ……他人から詰め寄られるたびに泣きたくなってしまう弱虫でぇ、いつも新浜君にお世話になりっぱにゃし……！　しょせん夏の海辺が似合わにゃいジュースの空き缶みたいな女なんですよー……」

（なんか疲れたＯＬみたいな事を言い出した……！）

さっきまで上機嫌だったのに、紫条院さんは突如どんよりした顔でネガティブ全開でブツブツと自虐に走り始めた。

酔い方は人によって様々だが……どうやら紫条院さんはハイテンションとローテンションの振れ幅が大きいらしい。

（し、しかし、どうするんだこれ!?　どうやってこの場を落ち着かせればいいんだ!?）

俺以外が全員酔っ払ってしまったこの状況では、唯一の素面である俺はアウェイ感がもの凄《すご》い。やるべき事はただ単に皆を落ち着かせて酔いを覚まさせるだけなのだが、この状況だと俺の言う事を理解してくれるのかすら怪しい。

（誰か……誰か俺を助けてはくれないのか……!?　俺はこのまま孤立無援でこの事態に対処しないといけないのか!?）

俺が場のカオスぶりに絶望したその時——ザッザッと誰かが砂を蹴《け》って海辺を急いで駆

けてくる音が聞こえた。

「に、新浜様！　こ、この有様は何事なんですか!?」

「お、おおっ！　夏季崎さん……！」

その場に駆けつけてくれたアロハマッチョ運転手さんの名を、俺は救世主を迎えるような歓喜の心地で叫んだ。

そうだ、まだこの人が残っていた……！

「遠くから皆様を見ていたら、どうも様子が変だったので駆けつけたのですが……一体何が……!?」

「そ、それが、どうやら用意したジュースの山の中に、間違えて酒が紛れていたみたいなんです！　しかもただのフルーツジュースみたいな見た目だったんで、俺以外の全員が飲んじゃってこんな感じに……！」

「な、なんですとぉ!?　な、なんという見落としを……！　保護者として同行しておきながら大失態です……！」

さっきの俺と同様に、未成年の飲酒を許してしまった罪に夏季崎さんが慚愧《ざんき》に堪えないという様子で苦々しく呻《うめ》いた。

その気持ちは、大人をやっていた俺にはよくわかる。

どれだけ気付きにくい事であろうと、それが子どもへのトラブルを呼ぶのであれば、未然に防ぐ事を大人は求められるのだ。

「俺はちょっと紫条院さんを見ているので、そこの三人をお願いしていいですか！　飲んだ量は大した事ないので、水を飲ませて大人しくしていれば落ち着いてくるはずです！」

「酔った人間に対して妙に慣れていますな！　ええ、もちろん承知しました！　そちらもお嬢様をお願いします！」

素面の大人という強力な援軍を得て、俺は一息吐く。

よし、これで後はこのまま全員を小一時間も休ませれば――

「ふふー……どうぞぉ新浜君♪」

「え……？」

いつの間にかネガティブから脱していた紫条院さんが、俺に未使用の紙コップを手渡してきていた。俺が困惑しながらもそれを受け取ると、酔いの最中にある少女は、ペットボトルに入ったオレンジジュースを注いできた。

「ふふー……お母様にお酌をしてもらうと、お父様は『くぁー！　嫁の注いだ酒で疲れが吹っ飛ぶ！』とか言って元気が出るのでぇ、その真似ですよー！　うふふ……私達ってまだ未成年ですかりゃ、お酒じゃにゃくてジュースですけどっ！」

「お、おう……ありがとう」

未成年云々を口にする辺り、やはり今自分が酒を飲んで酔っているという認識はないらしい。未だにとろんとした瞳を見るに、半分夢の中にいるような状態なのだろう。

（しかし……こんな状況でなんだけど、笑顔を向けてくれる女の子のお酌って嬉《うれ》しいもんなんだな……）

前世での勤務先は上下関係をひどく重んじており、その飲み会においてお酌とは義務によるものだった。

俺が上司に注ぐ時も、俺が年下の同僚から注がれる時も、『いつもお世話になっていますぅー！』などと言いつつ作り笑いを浮かべて行う、奇妙なマナーを全うするための儀式でしかなかった。

だから……ひょっとしたら初めてかもしれなかった。

本当に感謝や労いを込めた、心からのお酌を誰かから受けるのは。

紫条院さんが注いでくれたジュース（酒じゃない事は流石に確認した）を口に含むと、紫条院さんは何が嬉しいのか、にへーっと緩んだ笑みを見せた。

その邪気のない愛らしさで、ただのジュースがやたらと美味《おい》しく感じてしまう。

「ところで新浜君……！　今日は！　誘って頂いてホントありがとうございますっっ！」

「ぐふっ⁉」

紫条院さんは、突如ずいっと赤らんだ顔を近づけ、おでこを俺の胸に叩《たた》きつけてお辞儀をする。酔った人間特有の突発的な謎行動に、俺は思わずジュースを吹き出してしまうところだった。

や、やっぱりテンションの振れ幅がでかい……！　普段よりさらにポワポワした紫条院さんもまた可愛いけどさ！

「ずっと海に行ってやりたかった事をほとんどやれてもう感謝しかにゃくて……！　すっごく感謝してみゃすし、とても感謝してるんですよぉ……！　どうしていつもいつも私の願望をまるっと叶《かな》えちゃうんでしゅかもぉー！」

胸元で両拳《こぶし》をぎゅっと握った紫条院さんが感謝の言葉を告げてくるが、なんだか語彙《ごい》のループぶりが凄い。

話し方もやや幼くなっており、思考力の減退ぶりがよくわかる。

「でもぉ！　実はもう一つだけやってみたい事があるんですー！　ねえねえ、ちょっと付き合ってくださいよー！　ねー！」

「へ？　付き合うって何を……？」

「アレですアレ！　ちょっと古い映画であるやつですよー！　ちょうど夕日がキレーな砂

浜で最高のロケーションですしっ！」

「？」

紫条院さんがウキウキした様子で言うが、何をしたいのかわからず俺は首を傾《かし》げた。夕日がキレーな砂浜でやる古い映画であるやつ……？

「これですよ、これぇ！　あはは、お先に行ってますねー！」

「ちょっ、紫条院さん⁉」

紫条院さんは突然俺に背を向けると、躊躇《ちゅうちょ》なく夕日に彩られた砂浜へ駆けだした。もの凄く気持ち良さそうな晴々とした笑顔で、潮騒の中に砂の靴音を響かせながら真っ直ぐに。

（古い映画のアレって……夕日の中での浜辺ダッシュか！　確かに俺もちょっとやってみたい事ではあったけどさぁ！）

「お、お嬢様⁉　そんな状態でここを離れては……！」

夏季崎さんが血相を変えるが、それも当然だ。

もうすぐ日が暮れる時刻なのに、酔った状態でここを離れるなんて危険だ。

うっかり酔ったまま海に入ってしまったら、最悪の事態もあり得る。

「俺が追って捕まえます！　夏季崎さんはここで三人の面倒を見ててください！」

「ぐ……仕方ないですな！　頼みましたぞ新浜様！」

銀次達は酒が抜けている途中なのかぐったりと大人しくなっていたが、目を離したら何か事故を起こすかもしれない。なので誰かが残るのは必須《ひっす》の事だ。

夏季崎さんは本音を言えば自分で追いたいだろうが、すでに駆けだしている俺に役割の交代を求める時間が惜しいと思ってか、全てを任せてくれた。

「待ってくれ紫条院さん！」

渚《なぎさ》をパタパタと駆ける少女の小さな背を俺は全力で追った。

「あはははは－！　夕焼けの砂浜を走るのって楽しいですね！」

視界の全てが暮れる夕日に照らされている中で、俺はハイになって砂浜を爆走する紫条院さんを捕まえるべく砂を蹴る。

少女の走るスピードは決して速くないのだが、酔って疲労感が麻痺《まひ》しているのか、さっきからペースが衰えず……結果としてバーベキューをやっていた地点からかなり離れてしまっていた。

（酔っていてもあれだけ動ける活力がまさに高校生って感じだな……！　だからこそメチャクチャ危なっかしい！）

行動が予想できない子どもを追う親のハラハラ感を体験しつつ、アルコールによって自由になりすぎている少女を追うべく俺はさらにスピードを上げる。

「あれぇ……？　なんだかだんだん足が重く……」

ようやく体力が尽きたのか、紫条院さんの足が鈍って止まる。

砂浜に立ち尽くす純白ブラウスの少女に、俺はしめたとばかりに追いついて手を伸ばし
——勝手にどこかへ行ってしまわないように、細い肩をしっかりと掴《つか》む。

「はぁ……はぁ……やっと捕まえた……」

「ふふー……捕まえられてしまいましゅた……」

俺が息を切らして追いかけっこの終わりを告げると、紫条院さんは何故かとても満足気な顔でにへーっと笑顔を浮かべた。

捕まえられた事に対して酔った思考が不満を見せるかとも思ったが、不思議な事に嬉しそうですらある。

「ふぅ、大丈夫か紫条院さん？　気分が悪かったり足が痛かったりしないか？」

酔った状態でガッツリ走ってしまったので、急速に体調不良になってもおかしくない。

俺は飲み会で飲み慣れない新人が顔を真っ青にするのを何度も目の当たりにしてきただけに、その辺が真っ先に心配になる。

「むー……新浜君はいっつもそんなふーです……」

「へ……？」

振り返って俺と向き直った紫条院さんは、何故かぷーっと頬を膨らませ、何か不満そうに目を細めていた。

な、何だ？　俺は今何かおかしい事を言ったか？

「この場面でぇ……もし相手が美月さんや舞さんだったりゃ、新浜君は絶対に『勝手に爆走するなっての！』とか『何で俺は浜辺を走らされているんだよ!?』みたいな事を言ってるはずでしゅ！　なのに！　どーして私にはそんなに紳士的な言い方なんですかー！　なんだかとっても他人行儀ですー！」

「え、ええ!?　い、いやだってそれは……」

プンプンと可愛い怒りを受け止めながら、俺は言葉に詰まる。

確かに風見原や筆橋相手ならそんな対応になるだろうけど……。

「仲良くなってしばらく経つのに、私だけがいつまでも距離を置かれちゃってます！　ひーきです！　壁どころかお城を作っちゃってましゅー！」

精神年齢が幼稚園児くらいになった紫条院さんが、両腕をブンブンと振りながらハイな様子で不満を叫ぶ。

そして、予想もしなかった糾弾に俺はただオロオロと狼狽《うろた》えるしかない。

（た、確かに紫条院さんに接する時は、嫌われたくない一心からどうしてもお姫様に接するみたいな態度にはなっていたけど！　むしろ友達になれたのにいつまでも素っ気なさすぎると思われていたのか!?）

紫条院さんが心のどこかで思っていたらしき本音に、俺はどうしてよいかわからず言葉に詰まった。

まさか、そんなふうに感じていたなんて……。

「……でも、私も悪いんです……」

「え……」

そしてそんな俺を見て、未だに夢の中にいるようなトランス状態の紫条院さんは、唐突にテンションを下げてしおらしく反省の言葉を口にした。

「新浜君に文句をつけちゃいましたけどぉ……考えてみたら私も友達として仲良くなるために重要な事をやっていましぇんでしたぁ……。美月さんや舞さんと友達になった時に教わったのに、ダメダメですぅ……」

「ちょ、し、紫条院さん!?　なんでそんなに顔を寄せてくるんだ!?」

ぽやぽやと夢を見ているような面持ちのまま、紫条院さんは突然俺の顔に自分の顔を近づけてきた。

意図がわからずに俺が慌てふためく中、ワンピース少女はピンク色の形のいい唇が俺の左耳へ近づけ、耳打ちをするような体勢になる。

(な、何をしたいんだ⁉　酔いで心の動きが無軌道になっているからいつにも増して行動が読めない……!)

バーベキュー前のシャワーで使ったらしきシャンプーの香りが俺の鼻孔をくすぐり、胸の中がかあっと熱くなる。

そして、そんな俺の混乱と赤面を知ってか知らずか、紫条院さんはさらに俺の耳へと口を近づけて――

「心一郎君……」

「っっ⁉」

しっとりとした囁《ささや》きが、俺の耳朶《じだ》に染みる。

たったその一言で耳が甘く痺《しび》れて、全身に雷が落ちたような衝撃が走った。

「……心一郎《しんいちろう》君……心一郎君……」

「ひゅっ……ふわぁっ……!」

切なげに、耳にかかる吐息と共に囁かれる俺の名前。

鼓膜に届く情報はただそれだけの事なのに、紫条院さんが口を開くごとに俺の心臓は何度も跳ね上がり、脳の奥まで甘い酩酊《めいてい》感が浸透していく。

今まで、この少女の美しさに圧倒される事も、天真爛漫《てんしんらんまん》な笑顔に心奪われる事も多々あった。

だが、この感覚はそのどれとも違う未知の体験を俺にもたらしている。

まるで甘美で度数の強い酒に溺《おぼ》れていくように、囁きが蜜《みつ》になって俺の内面の全てを蕩《とろ》かしていくのだ。

「ふふー……どうでしゅかぁ？　やっぱり名前呼びこそより親しい友達への第一歩ですよー！　どのライトノベルにもそう書いてありましたし！」

俺の耳から顔を離した紫条院さんが、ぽやぽやとした様子で言う。

自分が今行った行為に恥ずかしさは感じていないようで、ふわふわした幸せそうな面持ちで無邪気な笑顔を見せる。

そして、俺はと言えば頭から湯気が出そうな状態であり、顔を真っ赤にして声も出せない。紫条院さんの吐息と名前呼びという未知の美酒に腰砕けになっており、甘い酩酊感がまだ全身に色濃く残っていた。

（な、なんつうヤバさだ……脳に蜂蜜《はちみつ》をかけられているみたいに思考が蕩けたぞ……！）

一応、紫条院さんが先日ウチで泊まった時にも、母さんと話す時は『心一郎君』と呼んではいた。だがあれはあくまで新浜家において呼び分けのために口にした事であり、親愛のステップを踏むために囁かれたこの状況とは、その破壊力も意味もまるで異なる。

「さあ、それじゃ今度は新浜君の番ですよー！」

「えっ⁉」

ニコニコの笑顔とキラキラした瞳《ひとみ》で、紫条院さんは俺を見つめていた。

その無邪気な視線が求めているものは当然ながら察しがついたし、このワクワクした面持ちの少女の期待に応えない限り、この場は収まらない事も理解していた。

だが――

（い、いくら何でも心の準備ができてないって！　全く自慢にならないけど、家族以外の女性を名字以外で呼ぶなんて、前世ではただの一度もなかった事なんだぞ⁉）

それが正直な想いではあったが――だが同時に何らかの試練とは、時を選ばずにやってくるという事は前世で骨身に染みていた。

突如襲来するデスマーチ、前触れのないパソコンの全データ消失、営業が勝手に取ってきた物理的に無理なスケジュールの納期案件……いつだって状況は俺の心の準備なんて待っちゃくれないものなのだ。

「あ、その、ええと……は、は……」

何かの勢いで言えればもう少し難易度が低かったのだろうが、こうして意中の少女から期待に満ちた瞳で見られている中では、羞恥心《しゅうちしん》が口を固くする。

けれど——これは遅かれ早かれ俺にとって必要な事だという事は間違いなかった。

これからも目の前の少女と絆《きずな》を深めていきたいと願うならば、俺は今日もまた一つ殻を破らなければいけない。

そうやって少しずつ前に進んでいく事こそが、前世の俺にできなかった一番重要な事なのだと、俺はもう知っているのだから。

「……春華……」

「ひゃっ……!?」

麗しのお姫様を呼び捨てにするような謎の罪悪感と共に、俺は震えながらその三文字を口にする。頭のてっぺんまで羞恥《しゅうち》の熱に染まるが、同時に何かを明確に踏み出せたという、自分を誇るような感覚もあった。

「……って、大丈夫か？　なんか一気に酔いが回ってないか？」

ふと渚に立つ美少女の顔を見ると、強いインパクトを受けたように目が開き、何故か樽酒《たるざけ》を飲み干したかのように真っ赤になっていた。

これは……浜辺を走って酔いが相当に回ってしまったのか？

「ふ、ふふふふ……ちょ、ちょっと……いいえ、かなり心が大騒ぎしている気もしますが平気です……！　このふわふわした気分が晴れたらベッドの上でのたうち回りそうな予感も多分錯覚ですから！　大丈夫と言ったら大丈夫なんです……！」

全然大丈夫じゃない事を言いつつ、心に荒波が押し寄せた時に俺がそうするように、紫条院さんは胸に手を当てて呼吸を整えていた。

少なくとも、傍目には全然平静には見えない。

まあ、それはともかく——

「ええと……今まで遠慮しすぎて友達っぽくない対応になっていたんなら、その……悪かった」

「え……」

客観的に考えてみれば、風見原や筆橋には男友達と接するようにざっくばらんに話しているのに、紫条院さんだけを恭しく扱っていた状況は、確かに他人行儀と言われても仕方がないだろう。

逆に、紫条院さんが他の友達と普段のお嬢様口調を取っ払って気安く喋《しゃべ》っていたら、俺も疎外感や寂しさを感じるかもしれない。

「いきなりは無理だけど……これからはもうちょっと気安く喋るように努力するよ。だからその……機嫌を直して欲しいんだが……」

「ふふふー……機嫌なんてここ最近はいつも最高ですよー……でも……」

ふらふらした様子の紫条院さんにどれほど届くのかは不明だが、俺は思うままに言葉を投げかける。そして、それに対して紫条院さんは、にへーっと普段よりもさらに砕けた笑みを見せる。

「でも……よければ今度からはさっきみたいに気を許して名前を呼んでくれると嬉《うれ》しいです。ね？　『心一郎』君……」

「あ、う……し、紫条院さ……あ、いや……『春華』」

「ふふー……いいものですねこれ……」

嬉しさを噛《か》みしめるような笑顔で呟《つぶや》きながら、紫条院さんが俺に歩み寄る。

暮れなずむ夕焼けの中で、意中の少女のふわふわとした笑みはなお眩《まぶ》しい。

「心一郎君と話すようになってから……いつも楽しくて……怖い事がどんどん少なくなっていって……」

とろんとした瞳が揺れて、紫条院さんの身体が傾ぐ。

今日を遊び倒した疲労と酩酊により、少女の身体がふらついて前のめりに体勢が崩れる。

（っと、危ない……！）

しなだれかかるように俺へと倒れ込む紫条院さんを、俺は肩を摑《つか》んで受け止める。

少女はもはや相当に意識がぼんやりとしているようで、立っていられなくなった自分の状態を顧みる事なく、夢見るような面持ちで意識の薄い言葉を紡ぐ。

「いつだって……心一郎君は……『嬉しい』をいっぱいくれて……」

潮騒が響く中、意識を手放しつつある紫条院さんは無邪気に微笑んだ。

夕焼けによって紅蓮《ぐれん》に満たされた世界で、俺はその純真な言葉と感情の表れに目を奪われる。

「……一緒にいられて……とても……幸せです……」

その言葉を最後に、支えている紫条院さんの身体が完全に脱力して静かな寝息を立て始め……俺は彼女の身体を支えたまま腰を下ろし、二人分の体重を砂に預けた。

（ああもう……なんて無防備な寝顔だ……）

体力を全部使い果たして眠りに落ちた少女は、心行くまで遊び尽くした子どもそのままの、満ち足りた様子の微笑みを浮かべていた。

「……いい夏だったな紫条院さん」

さきほど初めて名前を呼んだばかりだったが、クセと気恥ずかしさからいつも通りの呼び方を口にする。

前世では想像する事すらできなかった海行きは、かつて得られなかった眩しい青春の思い出を俺にもたらしてくれた。

勇気を出して誘ってみて、少しでも前に進もうとして、本当に良かったと心から思う。

まあ、それはいいのだが……。

「…………あれ？　もしかしてこの状況って……」

皆の所へ戻ろうとして、ふと気付く。

すうすうと寝息を立てる紫条院さんは当然ながら動けないし、夏季崎さんも酔っ払い三人の面倒を見ていてあの場から動けないだろう。

となれば――

「もしかして……俺が紫条院さんをおんぶして運ぶ必要があるのか……!?」

その事実に気付き、俺は砂浜の上で滑稽《こっけい》なほど慌て――しかしそれ以外の方法はついぞ考えつかず、最後の決心を固めるまでに多大な時間を要したのだった。

▶エピローグ１◀　キラキラと眩い海の思い出

「うわっ春華《はるか》ちゃんの水着エロっ！　何この清純派なのに溢《あふ》れ出るエロス⁉」

新浜《にいはま》家の居間で、妹の香奈子《かなこ》は俺のガラケーに写った紫条院《しじょういん》さんの水着姿写真を見て度肝を抜かれたように叫んだ。

ちなみにこの水着写真は風見原《かざみはら》がちゃっかりガラケーで撮影していたものであり、『春華のグラビアみたいになっちゃいましたが、とりあえずお納めください』というメッセージと共にバーベキュー前に送ってきたものである。

スマホ時代に慣れた俺から見たらちょっと解像度が残念なのは悲しいが、それでも清楚《せいそ》可憐《かれん》な黒髪ロング美少女の肢体が醸し出す色気と愛らしさは半端ではなく、妹でなくてもその破壊力には目を瞠《みは》るだろう。

(楽しかったな海……まあ、後始末は色々と大変だったけど……)

クーラーが効いた室内で麦茶を口に含みつつ、俺は昨日の事を思い出す。

あの砂浜での紫条院さんとの追いかけっこの後——俺はやむを得ず眠りに落ちた少女をおんぶして皆の所まで戻った。

それはまさしく試練だった。

なにせ、背中にフルフルした柔らかい果実が当たる感触や、紫条院さんの寝息が首筋に当たるような状況で、眠れる美少女を起こさないようにゆっくりと歩みを進めなければならなかったのだ。

しかも、紫条院さんは寝苦しさのせいか時折、『あ……ん……』とか『はぁ……ん……』とかもの凄《すご》く悩ましい声を漏らすので、今にも爆発しそうな煩悩を抱えて歩くのは神がかった精神力を要した。

（しかも戻ってみると銀次《ぎんじ》達三人も酔いが回って寝てるし……夏季崎《かきざき》さんがいてくれなきゃ詰んでたな）

素面《しらふ》であるが故に最後の片付けの任を背負う事になった俺は、気のいいマッチョ運転手さんと共にバーベキューセットなどの後始末をして、酔って寝落ちした四人を車に乗せて帰路についたのだ。

ちなみに飲酒の件については、『子どもさんをお預かりしておきながら目が届かず申し訳ありません！』と紫条院さんの家から謝罪があったようだが、どの家庭もそれが非行などではなく子ども達のうっかりミスだと理解し、単なる笑い話として終わらせてくれたようだった。

そして、海行きから翌日の昼である現在、この妹は『ほら兄貴ぃ！　海に行った時の報告を聞かせてよ！　早く早くー！』と推し漫画の最新刊を待ちわびていた読者のように俺に話をせがんできたのだ。

そんな訳で今、当日の写真を交えてどんな事があったかをかいつまんで説明したところなのだが――

「……私の兄貴が海で一通りのエロハプニングを網羅して帰ってきた件について」

「ラノベのタイトルみたいに言うなぁ！」

新浜家の居間で、香奈子の呆《あき》れと感嘆が入り交じった一言に俺はツッコミを入れた。

「だってそうとしか言い様のない役得なシチュの嵐じゃん！　まあでも……ふふ、春華ちゃんとベタベタするたびに真っ赤になってる童貞兄貴の姿が目に浮かぶなー」

「ぐ……」

俺の現地での狼狽《ろうばい》ぶりを想像して、香奈子はニヤニヤと意地の悪い笑みを浮かべる。そして、その想像は完全に正しいのだから俺としては一言も反論できない。

「それにしても、聞いていた通り兄貴の友達はみんな協力的みたいだね。大勢で遊びに行くとなるとそこが結構重要だけど、私の想像した通りで本当に良かったよー」

「へ？　重要って……何がだ？」

俺が不思議に思って尋ねると、香奈子は『仕方ないなーこの童貞兄貴は』と言わんばかりのヤレヤレ顔で解説を始める。

「まず、友達グループで行く海やらお祭りやらは男子と女子の仲が進展するチャンスなのはわかるでしょ？『みんなで来た』っていう大義名分があれば、気恥ずかしさが減るもんだからね」

まあ、それはそうだろうと思う。

男女混合のグループで遊ぶのは、そういった想いの隠れ蓑《かくれみの》になる。

「下手に無理して二人っきりで行ってガチガチに緊張するより、カップル成立の確率が上がるんだなーこれが。けどね、そのためには一緒に行く周囲の友達の人柄が重要なんだよ」

「そ、そうなのか……？」

いつの間に始まってしまった香奈子先生の恋愛授業に、元オッサンの俺は座して聞き入るしかない。

「そうそう、全員一緒の集団行動に縛り付けたがる子や、雰囲気のいい二人を必要以上に囃《はや》し立てたりする子とかがいるとそれだけでちょっとねー。逆に言葉少なめで盛り下がるような面子だと、これまた場が冷えて仲の進展どころじゃないし」

まるで合コンサークルで男女関係を極めまくった大学生のように、実感を込めて香奈子は語る。毎度思うがこいつは本当に中学生か？

「その点、兄貴の友達はみんな兄貴の事を応援してくれているみたいだし、思った通りずいぶんサポートしてもらったみたいじゃん？」

「ああ……いい奴らだよ本当に……」

確かに、今回はあの三人がいてくれて良かったと思える事が多々あった。

まあ、その借りはあの酔っ払い事件の後始末である程度返したと思いたいが……。

「ふふ、兄貴から話を聞いて、そんなに周囲がしっかりしてるのなら私の出る幕はないかなーって海までついていくのはやめたけど……やっぱり正解だったね」

「え……!?　お、お前、ついてくるつもりがあったのか!?」

「ま、あんまりノリが悪そうな雰囲気だったら盛り上げ役をやってあげようかなとは思ってたよ。ただまあ……そうすると兄貴も春華ちゃんも私につい構っちゃうだろうから、本当に最後の手段だったけど」

私も海で春華ちゃんに会ったらずっとべったりしたくなるしねー、などと言いつつ、香奈子は笑う。

どうやら兄の友達の中に交ざってもすぐ仲良くなれる自信があるようで、場合によってはついていったというのは割と本気の発言らしい。

しかし、それにしても――

「……ありがとな、香奈子」

「ふぇ？」

俺が感謝を伝えると、妹は目を丸くした。

「お前、本当に俺の恋愛を応援してくれているんだな。いざとなれば海にまでついてきてサポートをする気だったなんて……そんなにも俺の事を考えてくれていてありがとう」

「え、えと……ふ、ふん！　自惚《うぬぼ》れないでよ兄貴！　そりゃあ兄貴の恋愛は超応援してるけど、どっちかと言えば春華ちゃんが私のお姉ちゃんになってもらいたいからで……ちょ、ちょっとぉ!?　無許可で頭撫《な》でないでよ!?」

年相応の照れた顔を見せる可愛い妹の頭に触れ、その艶《つや》やかな髪を俺はゆっくりと撫でた。

前世において俺が最も傷つけてしまったかもしれない妹。未来において俺に対して失望を重ねたであろう家族が、こんなにも俺の事を気にかけてくれている。

その事実に愛しいという気持ちが止まらずに、俺は妹の頭を飽きずに撫でた。

そして、香奈子も文句は言うもののまんざらではないようで、やや顔を赤くしながらも俺のナデナデをしばらくの間受け入れていた。

「うう──……最近兄貴がどんどん女の子慣れしていってるのを感じる……。というか、兄貴の覚醒《かくせい》って根暗から明るいキャラに変身したって言うより……どっちかと言うと中身だけ一気に大人になってパパっぽくなってる……？」

兄のナデナデに屈したのが悔しいのか、香奈子がぶつぶつと言う。

そして、その分析が妙に核心に近いのがなんとも凄い。いつか俺がタイムリープしてきたんだとバラしてもこの妹はあっさり信じるかも知れん。

「ま、それはともかく、海での戦果は大漁で良かったじゃん兄貴！　しっかりと物理的にベタベタしたし……とうとう念願の名前呼びも達成したのはデカいって！　香奈子ちゃんの恋愛心理学的に、それはとうとう友達の殻が破れ始めたって事だよ！　羽化して羽ばたく日は超近い！」

「うーん……確かに良かったんだが、名前呼び辺りの紫条院さんは相当に酔っ払っていたし、多分記憶にないと思うぞ」

「えっ……お酒ってマジでそんなに記憶飛ぶものなの？　あれって漫画とかの大げさな表現とかじゃないの？」

流石の香奈子も年齢的に酒のヤバさは知らなかったようで、目を丸くして驚く。

そうだぞ妹よ。特にお前は可愛いんだから、将来お酒を飲む時はきっちり注意しろよ。

「ああ、個人差がデカいけど、本当に記憶が飛ぶ事はある。酔っ払って目が覚めたら居酒屋から自分の家にワープしたようにしか感じなくてビビる……なんて事も別にフィクションじゃないいんだ。……まあ、あくまで聞いた話だけどな」

普通ならよほど深酒しないとそこまではいかないが……あの時は走ってかなり酔いが回っていたし、夢の中で喋《しゃべ》っているような紫条院さんの様子からして、記憶は連続していないだろう。

「まあ、正直忘れていた方が紫条院さんにとっては平和かもな……。考えてもみろ。例えばお前が酔っ払って俺に頬ずりしたり抱きついたり、『お兄ちゃん大好き♪』とか言いまくった恥ずかしい記憶が残っていたら身悶《みもだ》えするだろ？」

「ちょ、たとえ酔っ払っても私はそんな事言わないからっ!?　……まあ、でも……もし頭がパーになってそんな事になった記憶が残ってたら、控えめに言って今すぐ死にたくなるかも……」

「だろ？　まあ俺も残念に思う気持ちはあるけど、本人が七転八倒するような記憶が残ってるのも可哀想だしな」

「そっか、もし憶えていたんなら……兄貴に抱きついてぎゅーっとしたり、はしゃいだり落ち込んだりの忙しないテンションで浜辺をダッシュしたり、兄貴への不満をぶちまけたり、耳元で『心一郎《しんいちろう》君♪』って囁《ささや》いたりした記憶が全部ある訳なんだよね……」

「ははは、まあ、あの呂律《ろれつ》の回っていない理性の蕩《とろ》け具合なら、ほぼ間違いなく記憶は吹っ飛んでるって。あんな事を全部憶えていたらいくら天真爛漫《てんしんらんまん》な紫条院さんでもベッドの上でジタバタコースだしな！」

数々の酔っ払いを見てきた俺の見立てでは、銀次達三人は断片的に記憶があるくらいで、紫条院さんの酔い具合だとあの時の記憶はまるっと消えているだろう。

あのアルコールがもたらしたハプニングは、俺だけが憶えていればいい。

「うーん、でも本当にそうかなぁ……？　案外しっかり覚えていたりして……」

想い人の心の平穏を確信して笑う俺に、香奈子が腕を組んでボソリと疑問を呈した。

エピローグ2　夏の終わり、新たな季節とステージの始まり

二学期最初の日は、快晴で始まった。

まだまだ蒸し暑い気温の中で、久々に顔を見るクラスメイト達は誰もが休み明けのダルさを抱えながら登校してきたようだった。

だが、やはり若さのパワーと言うべきか、小一時間も経てば誰もがいつものペースを取り戻しており、久々に会う友達と談笑する姿が教室のあちこちで見られるようになった。

（前世の俺とか夏休みが終わるのが苦痛すぎて、『家にいるより教室で友達と一緒の方が楽しいよな！』とか言ってた陽キャ達の台詞《せりふ》が欠片《かけら》も理解できなかったな……）

だが今では、俺もその気持ちが少なからずわかる。周囲に怯《おび》える必要がなくなった今ならば、この教室の喧噪《けんそう》も中々に心地好い。

「た、頼む！　宿題写させてくれ！」やら「ねーねー、部活仲間とのキャンプどうだったー？」やらの言葉で溢《あふ》れるこの雰囲気が、今の俺は好ましいと感じるのだ。

「その……一昨日《おととい》は悪かったな新浜《にいはま》……」

「ん？」

ふと声の方に視線を向けると、銀次《ぎんじ》、風見原《かざみはら》、筆橋《ふではし》の三人がバツの悪そうな顔で俺の前に並んでいた。

なんだかえらく神妙な様子だが……。

「ご、ごめんね新浜君……正直記憶が朧気《おぼろげ》なんだけど、酔ってフラフラだった私達を新浜君とあの運転手さんが面倒見てくれたのはうっすら憶えてて……」

「今となっては我々三人の誰が間違ってお酒を買ってしまったのか不明なんですが……なんかもう、相当に迷惑をかけたみたいですね……」

根が真面目な三人は、間違って酒を飲んで周囲に迷惑をかけた事に落ち込んでいるようだった。まあ、確かになかなか大変ではあったが……。

「ま、気にするなって。別に暴れた訳でもないし、どうせバーベキューも終わりかけだったしな」

俺が笑って流すと、三人は安堵《あんど》の息を吐いて表情を和らげた。

「ふう、そう言ってくれるのなら少し罪悪感が薄らぎます。その、ところで……我々のあの時の記憶って凄《すご》くフワフワしていて殆《ほとん》ど憶えていないんですけど……もしかして何か恥ずかしい事とか言っていませんでしたか……？」

いつもマイペースな風見原も、記憶が不鮮明な状態では落ち着かないらしく、おずおずと問いかけてきた。

まあ、自分が何を言ったか憶えてないのは怖いよな。

「まあ一人一人言っておくと……とりあえず銀次は気にしなくていいぞ。ちょっと泣き上戸だったくらいで、言ってる事はあんまり変わらなかったし」

「そ、そうか……そりゃ良かったんだが、平凡すぎて後で話すネタにならないのはちょっと残念な気もするな……」

まあ酔って出てくるのはその人間の抑圧や本音だし、お前みたいな特殊な趣味もない真っ当なオタクじゃヤバい言葉も出てこないさ。

「風見原さんは……ふふ、あんなに俺に感謝してくれていたなんてな」

「え、ちょ、私ってば何を言ったんですか!?　その優しい顔は何なんです!?」

いいんだ風見原。お前はいつも仏頂面で言動もドライな毒舌系ＯＬみたいだが、友達を大切にしているのはガチだって俺は知っているからな。

「それで最後に筆橋さんは…………うん、女の子の名誉の為に黙っておく」

「え、ええええええ!?　ちょ、何それ!?　どういう事なの!?」

その反応は最もだが、こればかりは仕方ない。

何せあの時の筆橋は、普段のスポーツ健康美少女とは一線を画すエロ親父スタイルだったのだ。

『あのたゆんたゆんに実ったマスクメロンとか丸々としたピーチとか堪能《たんのう》しちゃったぁ……？』

『あのダイナマイトなボディも勿論《もちろん》だけどさぁ、鎖骨の下にあるホクロがもうとってもエッチでねぇ……ぐえっへっへっへ……』

……などと言いつつハァハァと息を荒くして酒に呑《の》まれまくっていたあの姿を自覚させるのは、少々酷だ。

このフレッシュなスポーツ少女が意外とムッツリさんだという事実は、しばらく俺の記憶だけに封印しておいた方が平和だろう。

「まあ、ちょっとだけ別の顔が出てきただけだから気にするな筆橋さん。あ、でも酒が飲めるようになったら自分の限界をちゃんと自覚するんだぞ？　大学のサークルとかで酔っ払ってやらかしたら後々まで響くだろうからな」

「そこまで言って気にするなって無理でしょっ⁉」

筆橋が俺に食いつくようにして叫ぶが、俺は視線を外してスルーした。

強く希望するのなら教えてあげてもいいのだが、いくらなんでもこんなクラスのド真ん中で口にはできない。

「ん？　お、紫条院《しじょういん》さんが来たみたいだぞ」

銀次の声にその場の雰囲気がリセットされ、俺と女子二人は揃《そろ》って教室に現れた美少女に視線を向ける。

（ああ……やっぱり制服姿も可愛いな）

その長く艶やかな黒髪や可愛すぎる容姿を見ると、あんな可憐《かれん》な少女と海で身を寄せ合ったという事実が嘘のように感じてしまう。

酔いが回って寝てしまった後の事が心配だったのだが、昨日は俺も香奈子《かなこ》と話した後は前日の疲労がたたって夜まで寝てしまい、メールを送るタイミングを逸してしまっていたのだ。

「おはよう紫条院さん。もう体調は何ともないのか？」

俺は紫条院さんの席に歩み寄り、一昨日ぶりに会う少女へ挨拶《あいさつ》する。

こうやって気軽に声をかけられるメンタルこそ俺の人生二週目最大の武器であり、今世において紫条院さんと積み上げてきた繋《つな》がりの賜物だった。

そう、思っていたのだが――

「……っ！」

(え……!?)

いつもなら朗らかに挨拶を返してくれる紫条院さんは、俺の顔を見るなり勢いよく顔を背ける。

声が聞こえなかったとか、別の誰かに呼ばれたとかではない。

俺の声と姿に反応して、顔を見たくないという様子で俺を視界から外したのだ。

「あ……え……？　し、紫条院さん……？」

「……ちょ、ちょっとお手洗いに行ってきます！」

俺に一切顔を見せずに、紫条院さんは逃げるようにして教室を後にする。

そして、残された俺は呆然《ぼうぜん》とそれを見送り、紫条院さんに声をかけたその瞬間のポーズのままで石像のように固まっていた。

(俺から顔を背けて……逃げた……？　俺の顔を見るのも嫌で、目の前にいるのも耐えられなかった……？)

予想だにしない対応に、俺は自分の足元が突如消滅して奈落《ならく》に落ちていくような感覚に襲われる。

全身の血が北極の海のように凍てついていき、ガラスのハートに無数のヒビが入っていくのがわかった。

そしてたちまちの内に俺の生気は枯れ果て——必然として教室の床に崩れ落ちていた。

「へ？　うわあああ!?　なんか新浜が死んでるぞ！」

「ちょ、え、どうしたの!?　夏バテの酷いやつ!?」

「うわ、やべーぞ！　ゾンビみたいな顔色になってる！　つか呼吸も浅いぞ!?」

「あーもう！　春華《はるか》の態度も謎ですけど、本当に新浜君ってメンタルが強いのか弱いのかわからないですね！」

クラスメイトや友人達が慌てふためく声が聞こえたが、致死ダメージを食らって倒れている俺の心に何も響かなかった。

紫条院さんに嫌われた。

死にたい。

＊

社畜時代に絶望は何度も味わった。

十個買うはずの物品がこちらのミスで千個届いた時、十人がかりでも終わるかわからない案件を一人で明日《あした》までにやれと言われた時、社内データが入ったデータストレージが吹っ飛んでバックアップが作動していなかったと知った時など、枚挙にいとまがない。

だがこれはまったく種類が違う。

仕事での絶望は氷柱《つらら》で心臓を串刺《くしざ》しにされるような感覚だったが、好きな子に嫌われるというのは、世界が足元から壊れていくような暗黒への崩落だ。

一体何が悪かったのか？

無意識の内に水着姿をジロジロと眺めすぎたか？　俺から能動的にそうした訳じゃないが、何度もボディタッチしてしまったから？　それとも、なんとなく俺の事が生理的に無理になった？

「死にたい……」

「ようやく喋《しゃべ》ったかと思えば言う事がそれかよ……」

ふと気付けば、俺は自分の机に突っ伏しており、その横に銀次が立っていた。

さっきから時間感覚が曖昧《あいまい》で、直前の事が思い出せない。

「ああ銀次……そろそろ始業式だっけか……？」

「始業式はとっくに終わったよ！　本当に大丈夫かお前!?」

言われて、俺はようやく今に至るまでの事を思い出す。

今朝、紫条院さんに避けられてしまい、俺はショックのあまり一度ぶっ倒れた。

だがかろうじてメンタルの再起動を果たした俺は、生まれたての子鹿みたいに弱々しく起き上がって紫条院さんとどうにか話をしようとしたのだ。

だが——待っていたのはあからさまに俺を避ける紫条院さんという無慈悲すぎる現実だった。

声をかけても、やはり顔を背けて逃げ出してしまいまともに話ができない。

体育館での始業式が終わった後も教室から姿を消しており、俺は絶望のあまり机に頬をくっつけて自罰の宇宙へ現実逃避していたのだ。

しかし……いつまでもこうしている訳にもいかない。

「筆橋さんと風見原さんが紫条院さんから話を聞きだそうとしてるらしいけど、まだお前と同じで接触できてないっぽいな」

「そっか……よし、心の休憩は終わりだな……」

俺は失意のあまりうな垂れていた心を叱咤《しった》し、よろよろと立ち上がった。

俺は社畜時代に、どれだけ辛くても大人は自分の事は自分で解決しなければならないという事を学んだ。どれほど心が抉《えぐ》られていようとも激務のあまり体調を著しく損なっても、誰も助けてはくれなかった。

だからこそ、悲しいかな自分でメンタルを立て直して自分で解決するというスタイルは、しっかり身についているのだ。

未だにダメージは深刻だが、絶対に解決しなければならない問題こそ早期に着手して一気に改善に持っていく事が重要だ。

「お、いつもの調子が戻ってきたじゃんか」

「死ぬほどのショックはまだ抜けてねえよ。けど、のんきにうな垂れている訳にはいかないしな」

「さっきまで冷凍イカみたいな目をしてたくせに格好付けやがって。あ、紫条院さんなら中庭のベンチ前にいるぞ。『新浜君が再起動したら伝えてください』って風見原さんからの情報だ」

「ナイスな情報だ銀次……！　よし、それじゃ行ってくる！」

言って、俺は教室を飛び出した。

廊下を疾走する俺を何事かと周囲の生徒から視線が集中していたが、それを全部無視して、ただひたすらに想い人である少女のもとへ急いだ。

＊

（いた……！）

始業式が終わってホームルームが始まるまでの休憩時間の中、紫条院さんは教室にいる事を避けて中庭のベンチに座っていた。

その表情は何故かとても忙しい。

暗い顔でうな垂れていたかと思えば抱えた頭を左右に振ったり、両手で顔を覆ったりとどうにも平静な心でない事が窺《うかが》える。

俺の事を含めてやはり今日の紫条院さんはどうも変だ。

だが、そこを探るにもまずは話ができないと始まらない。

（このまま立ち止まって話しかけたらまた避けられるかもしれない……！　だったら強引に行くしかない！）

幸い周囲に人気《ひとけ》はない。

まあ、人気があってもやる事は変わらないがな……！

「紫条院さんっっっっっ！」

「え……？」

全力疾走してくる俺を見て、紫条院さんが目を丸くする。

よし、そのまま驚きに固まっていてくれ！

「すみませんでしたあああああああああああああああああああ！」

「きゃ、きゃああああ!?」

全力疾走のスピードのまま、俺は滑り込むようにして紫条院さんの前で土下座を決めた。

制服のズボンが思いっきり中庭の土で汚れるが、そんな事は些事《さじ》である。

「な、なな、何をしているんですか新浜君!?」

状況が理解できないという様子で紫条院さんは混乱していたが、それも無理はない。

そもそもこの方法が強引で乱暴だという自覚はあった。

土下座とは自身のプライドをかなぐり捨ててでも謝意を示すという究極の謝罪法である。

だからこそ、これを行った相手を無下に扱う事は少なからず罪悪感が発生する。

心優しい紫条院さんが、土下座までしている相手を無視する事はできない――そういうズルい計算がある事は否めないが、とにかく俺はこれ以上避けられたくなかったのだ。

「俺が何か気に障る事をしてしまったのなら謝る！　どんな事でもする！　だから……だから、頼むから俺の何が嫌だったのか教えてくれ！」

呆気《あっけ》にとられている紫条院さんに向かって、ようやく俺は言葉を届かせる事に成功する。

これでどういう反応があるかはさっぱりだが、絶対に昨日までの関係を取り戻してみせると俺は決意を固めていた。

　しかし——

「…………え？　私が新浜君を嫌になった……？」

「へ？」

　まるで思考の内にない事を聞かされたように、紫条院さんが呆然と言葉を返す。

　その嚙《か》み合わない様子に、俺も思わず伏していた顔を上げて呆《ほう》けた声を出してしまう。

「いや、だって……今朝から俺が話しかけてもすぐ顔を背けるし、ずっと避けまくっていたから、何か気付かない内に俺がやらかしていて嫌われたんだろうって……」

「え、あ、あ……!?　ち、違います！　そんな事じゃないんです！」

　俺が土下座に至った理由を伝えると紫条院さんは目を見開いて驚き、焦りが滲《にじ》むような真剣な表情で叫んだ。

　両手を大きくブンブンと振り、全身全霊で俺の懸念を否定しているのがわかった。

「私が新浜君を嫌いになるなんてなんてあり得ません……！」

　声量の調節を忘れたようなその必死すぎる大声に、今度はこっちが目を見開いて驚く番だった。

　天然である紫条院さんが意味をどこまで考えて言っているかはわからないが、その俺達が築いた縁や絆《きずな》が確かにあると示す言葉は、福音だった。

暗黒の淵《ふち》に沈んでいた俺の心に、眩《まばゆ》い太陽の光が降り注ぐ。

万力で締め付けられていたような胸の内がスッと軽くなり、平静から程遠かった心臓も胃腸も本来の調子を取り戻していくのがわかった。

「ほ、本当に……？　俺が嫌だったから避けていたんじゃないのか？」

「嫌いになる理由なんて一個もありません！　絶対！　ぜーったいありません！」

縋《すが》るように尋ねる俺に、紫条院さんは子どものように声を大きくして必死に繰り返してくれる。その一言一言が、俺にとってなによりも甘美な精神の恵みだった。

「ふぅぅ…………良かったぁ……良かったあああ…………」

「え、え？　に、新浜君ちょっと泣いてないですか？」

そりゃ、安堵《あんど》で涙だって出るよ……。

海で風見原からもからかわれたが……今更ながら自分が抱えている想いがとてつもなくヘビーなものだと自覚する。

もしこれから告白してフラれたら、一年くらい生ける屍《しかばね》になってしまうんじゃないのか俺……？

「あれ、でも……ならどうして紫条院さんは今日俺から距離を取ってたんだ？」

「……っ！」

俺は土下座から立ち上がってズボンについた土を払いつつ、当然の疑問を尋ねてみたが……何故か紫条院さんは一瞬で石のように硬直した。

「あ、や、そ、その……誤解を抱かせてしまって大変失礼をしましてごめんなさいという事なんですが、ひょっとしたら新浜君は平気でも私自身がもう本当にダメで、胸の中のグルグルがどうしようもなくて、ちょっと思い返すだけでも恥ずかしくて頭が熱々のヤカンになってピーッて……！」

「？？？」

紫条院さんは顔を真っ赤にしてかつてないほどに慌てふためき、手話のように忙しなく腕を動かしてその混乱の極まりぶりを伝えてきた。

どうやら感情も頭の中も整理できていないようで、どう見ても思考回路がショート寸前のご様子である。

んん……？　俺が平気でも自分がダメ？　ちょっと思い返すだけでも恥ずかしい……？

その言葉から推察できるのは……あっ⁉

「その……もしかしたらだけど……」

未だに感情を処理しきれずに熱暴走しているような紫条院さんに、俺はおずおずと言葉を投げかける。

「海で酔っ払ってしまった時の事……まさか憶えているとか……？」

「――――――っ!!」

そう告げると、紫条院さんは絶句してピタリと動きを止める。

そして、ただでさえ赤かったその可愛い顔がさらに朱を帯びていき、少女は両手で自分の羞恥《しゅうち》に満ちた顔をそっと覆った。

そのまま腰を下ろしてしゃがみこんでしまい、サッカー選手がゴールを外した時とかにやってる『顔向けできない……』なポーズになる。

「……………………はい……………………おぼえています………………」

「そっかぁ……」

身を小さくした紫条院さんの今にも消え入りそうな涙目の声に、俺はいたたまれない気持ちになりつつもそう答えるしかなかった。

＊

私こと紫条院春華は、人生最大の羞恥の中にいた。

穴があったら入りたい。このまま縮んで砂粒よりも小さくなってしまいたい。

顔から火が出るなんて生やさしいものじゃなくて、全身が燃えさかってしまいそうな程に恥ずかしい。

（し、死にたいです……！　今すぐ自分の存在を消してしまいたいです……！）

今、新浜君の目の前にいる事が耐えられない。

彼の視線を浴びるだけで身体が熱くなって身悶《みもだ》えしてしまう。

本当なら、覚えていないフリをすべきだった。

あの時のアレは私の記憶にないと言えば新浜君は信じてくれただろうし、そういう事にしてしまえば今感じている羞恥も少しは減っていたかもしれない。

（でも、そんなの無理です！　昨日はあんなにもハッキリと思い出してしまったんですから……！）

新浜君の目の前から消え去ってしまいたい気持ちを抱えつつ、私は昨日の事を思い出していた。

忘れていれば良かった記憶を自分で一生懸命掘り起こしてしまった、夏休み最後の日を。

＊

【時は遡《さかのぼ》り、始業式の前日】


「……ん……」

自室のベッドの上で、私――紫条院春華は目を覚ました。

寝汗をかいていたようで、着ているTシャツは僅《わず》かに湿っている。

「……あれ……？　どうして私の部屋に……？　私は皆と一緒に海に行って……」

適度にエアコンが効いた部屋で、私はベッドから寝ぼけ眼で身を起こす。

どうにも記憶があやふやで、前後関係がすぐには思い出せない。

海……そう海だ。私は新浜君からのお誘いで海に行って……？

（ま、まさか……あの海は全部夢だったんですか⁉）

私は血相を変えて携帯電話を探し、ベッドの傍らに置いてあったそれを見つけると慌てて操作する。

祈るような気持ちで写真フォルダを見ると――そこには新浜君や皆の写真が何枚も写っており、私はほっと胸を撫《な》で下《お》ろす。

「ふぅ……よ、良かったです。あれが幻だなんて耐えられません……」

心から安堵し、携帯で撮った写真に目を落とす。

その一枚一枚が、長らく友達と縁がなかった私には宝石のように尊い。

「ふふ……楽しかったですね……」

憧《あこが》れだった『友達との海』は、期待していた以上に心が躍るものだった。

たくさん皆と騒いで、一緒にご飯を食べて、たくさん海を泳いでたくさんの日の光を浴びた。夜は浜辺でバーベキューというこれまた理想的なディナーで、私はついつい食べ過ぎちゃって……。

(あれ……？　そう言えばバーベキューでお腹がいっぱいになった辺りから記憶があやふやです……？　一体どうやって帰ってきたんでしたっけ？)

普通に考えるのなら、たくさん食べた後で遊び疲れもあって寝ちゃったという事なのだろうけど、何だか腑《ふ》に落《お》ちない。

「んー……んー……？」

両手の人差し指を頭に当て、私は記憶を探って唸《うな》る。

不可解な事に、それを思い出すのは抵抗感があった。

自分の無意識が『そのまま単に寝落ちした事にしてしまえばいいです！　思い出したりしちゃ駄目ですー！』と叫んでいるような気さえしたけど、あの素晴らしい日の思い出に欠けがないようにと、私は記憶を探る。

そして――

『うふふー……捕まえましたよぉ新浜くん……』

「え……？」

な、何ですかこの記憶……!?

『心一郎《しんいちろう》君……心一郎君……』

「え、ええ……!?　あ、あ、あっ……!?」

ひとたび記憶が開封されると、そこから堰《せき》を切ったように自分の行動が思い出されていく。

新浜君に抱きついて彼の胸に頬をうずめた事。

砂浜で追いかけっこをせがんで走り出した事。

新浜君に『他人行儀ですー！』と不満を捲《まく》し立《た》てた事――

「ああああああああっ！　あああああああああああ……！」

蘇《よみがえ》った記憶が顔に火を点け、胸に宿る爆発的な羞恥心《しゅうちしん》を持て余して私はベッドの上でジタバタと暴れた。

あまりにもあんまりな自分の行動に、頭を抱えてのたうち回る事しかできない。

（わ、わ、わ、私ったら何という事を……恥ずかしいとかそういうレベルを超越しちゃってます……！）

どうしてあんな事を……と記憶をさらに探ると、そう言えば新浜君がお酒がどうとか言っていたのをうっすら思い出す。

経緯は全然わからないけれど、きっと飲んだジュースの中に間違えてお酒が交ざっていたという事なんだろう。

それで私は信じられないくらいにフワフワした気分になって……。

（な、なんで思い出してしまったんですか私……！　自分の記憶に自尊心が破壊されそうです……！）

記憶というのは連鎖しているようで、一つを思い出せばそれに関連した記憶もまた蘇ってきていた。

そう、例えば——酔って新浜君に抱きついた時の、彼の胸板に頬をくっつけた時のたくましい感触とか、新浜君の耳に口を近づけて熱っぽい声を出していた時の高揚感とか……。

（し、死にます……！　私そろそろ死んじゃいます……！）

真っ赤になった顔を両手で覆い、つま先がピーンと伸びるほどに耐えがたい羞恥が私の全身から溢《あふ》れそうになっている。

なんかもう、色々と限界だった。

「どうした春華あああああああ！　何があったああああああああ！」

「ちょ、時宗《ときむね》さん！　娘の部屋にノックなし突入とかマジ最悪だからやめろって言ったでしょ!?」

私の心が火山が噴火したような大騒ぎになっている時に、お父様とお母様が突然部屋に入ってきた。

リビングからこの広い家の中を走ってきたようで、お父様はちょっと息が切れており、お母様はそれを止めようと追ってきたらしい。

「ええい、娘の悲鳴が聞こえて駆けつけない親がいるか！　そ、それで何があったんだ春華!?　起きるなりあんな声を上げるなんて、海であの小僧に何かされたのか？」

「ううううううう……！　何もされてなんかいないんです……！　むしろ変な事しちゃったのは私の方で……！　ああああああああ……！」

本当は何も話したくない状態だったけれど、新浜君にあらぬ疑惑が及びそうだった事もあり、私は反射的に叫んだ。

「え!?　何それ何それ！　ね、ね、海でどんな嬉し《うれし》恥ずかしのハプニングがあったの？　お母さんそういうの聞くのとっても好きなの！」

最近ちょっとわかってきましたけど！　お父様だけじゃなくてお母様も娘に対してデリカシーがなさすぎです……！　何なんですかその期待に満ちたキラキラした目は！

「夏季崎《かきざき》さんに聞いたけど、そう言えば春華ったら間違えてお酒を飲んでしまったのよね……ん、んん……？　も、もしかしてこれは……お赤飯……？」

「おいこら秋子《あきこ》ぉぉぉ!?　お前、今一体何を想像した!?」

「いやその、この子ったら普段は大人しいけどその分無意識に気持ちが重たくなってる気がするのよねぇ。そこにお酒が入ってタガが外れたら……なんかこう、凄《すご》い事になったかもなーって」

いきなり娘の部屋に入ってきてこの両親は本当にもう……！

今は頭の中がメチャクチャなんだからしばらく放っておいてください！

「もう、何も心配する事ありませんから！　二人とも出ていってくださーい！」

熱暴走した感情のままに、私はわーっと両手を広げて叫んだ。

そんな私に二人は驚いた顔を見せて、「す、すまん……」「ご、ごめんね春華……」と謝りつつすぐに部屋から退散した。

「はぁぁ……」

静かになった部屋でため息を吐いても、未だにグルグルと巡る羞恥心は消えてくれない。

私はベッドの上でタオルケットを頭から被り、お化けみたいな状態で一人俯《うつむ》く。

救いなのは、今が夏休みだという事だった。

少なくとも、もう少しだけ心の整理をつける時間くらいは――

「え……」

そこで気付く。

部屋の壁に掛けてあるカレンダーが示す本日の日付に。

夏休みは本日で終わりであり、明日《あした》は皆と顔を合わせる始業式だという事に。

「そ、そそ、そうでした……！」

祈るようにカレンダーを凝視しても、その無慈悲な現実は変わってくれない。

海に行って夏を楽しい思い出で締めくくって、一日ゆっくりと身体を休めてから始業式を迎える――そういうプランで新浜君が日程を組んでくれていたのを、今更ながらに思い出す。

「あ、ああああああ……！　ど、どうしたらいいんでしょう!?　に、新浜君に合わせる顔がありません……！」

タオルケットお化けな状態のまま頭を抱え、私は慌てふためく心のままにベッドの上をゴロゴロと転がった。

＊

学校の中庭で、紫条院さんはかつて見たことのない状態になっていた。

真っ赤になった顔を両手で覆った状態で膝《ひざ》を折ってしゃがみ込んでおり、羞恥《しゅうち》に耐えかねてプルプルと全身をさかんに震わせている。

だがそんな有様も、原因を知った今では無理もないと思う。

一昨日《おととい》の海での酔っ払い紫条院さんはなんかもう凄い感じだったし、アレを思い出してしまったのであれば真面目な彼女は悶《もだ》えるしかない。

「あー……その、紫条院さん？　海で酔った時の事を憶えているって言っていたけど、それってどのくらい……」

なんと声をかけてよいか悩んだ末に、まずは現状確認をすべく俺はおずおずと尋ねた。

恥ずかしい記憶がピンポイントで済んでいるのならまだ……。

「…………んぶです……」

「え？」

「全部です……！　ふざけて抱きついた事も、浜辺でおいかけっこを希望した事も、他人行儀だとか新浜君に文句をつけたのも余さず覚えてるんです……！　うわあああああああああん！」

「それは……その……うん……」

ヤケクソ気味に悲嘆の叫びを上げる紫条院さんに、俺はフォローの言葉が見つけられなかった。

そっかぁ……全部かぁ。

「だから今朝から新浜君に合わせる顔がなかったんです……！　学校をズル休みするか真剣に考えたのは今までの人生で今朝が初めてですよ！」

穴があったら入りたいとばかりに、涙目の紫条院さんは嘆きまくる。

この真面目な少女からズル休みなんて言葉が出てくるあたり、どれほど俺と顔を合わせづらかったのか察するにあまりある。

「ま、まあそんなに気にするなって。銀次たちも酔っててあの時の記憶は朧気《おぼろげ》らしいし、そもそもあんな酔い方可愛いものだって。俺の知ってる酔っ払いなんて、上司のハゲ頭を撫《な》で回して『驚きのツルピカ具合ッスね課長！　次のオリンピックはここをカーリング会場にしましょうよ！』とか叫んじゃう奴とかもいたぞ？」

酒による社会人やらかしエピソードを山ほど知っている俺としては、正直あんな程度の事は醜態とも呼べないと思う。

電柱を抱き締めてセミのような体勢で動けなくなった奴もいたし、自分の家と勘違いして他人の家に突撃したり、居酒屋の皿やグラスを破壊し出すなどの警察の世話になる系の案件も大変だった。

天下の往来で『びっくりするほどユートピアアアアア！』などと謎の言葉を叫びつつパンツ一丁で自分のケツを叩《たた》き続けた奴もいたなぁ。

「うう……そんな特殊なほどにダメな大人の例じゃ気持ちが軽くなりません……！　新浜君だって優しいから言わないだけで、私の事をとっても恥ずかしい子だと思っているに決まってますー！」

（決して特殊な例じゃなくて大人って大体ダメな生き物なんだが……まあそれはいいや）

相当にテンパっているようで、紫条院さんはそれこそ酔っ払ったような口調で涙目の言葉を発した。

醜態（と本人は思っている）による自己嫌悪の念は相当に強いらしい。

「あー、その……俺はむしろ嬉《うれ》しかったよ」

「え……？」

これを言うのは気恥ずかしかったが、俺は頭をポリポリとかきつつ偽らざる本心を告げる。そして、その言葉の意図を図りかねたのか、紫条院さんは自分の顔を覆う手から見せた目を瞬かせた。

「いやさ、あの時『他人行儀ですー！』って言ってくれただろ？　あれがもし本心ならつまり……今よりもっと気軽に接してもいいんだって事だし」

「あ……」

紫条院さんの顔がますます赤くなる。それが自分の酔っ払いムーブを思い出したせいなのか、それ以外の何かがあるのかは、俺にはわからない。

「紫条院さんとしては思い出したくないはっちゃけ具合だったかもだけど……酔っ払って心が解放されている時の言葉だからこそ、俺は嬉しかったんだよ」

酒は心を解きほぐして本心を露わにする。

そんな状態の中で、紫条院さんは言葉こそ酔ってふにゃふにゃだったが、ずっと俺への好意を見せてくれていた。

それが嬉しくなかった訳がない。

「……本当、ですか？　私の事を酔っ払ってやらかした恥ずかしい女子だと思っていないんですか……？」

紫条院さんは涙で潤んだ瞳《ひとみ》で上目遣いに俺を見て、子どもが親に『怒ってない？』と問うかのような面持ちを見せた。

そんな愛らしい仕草に俺の男心は完全に撃ち抜かれるが、それを大人由来の精神力で顔に出さずに力強く頷《うなず》いてみせる。

「あ、ああ、本当に本当だ！　嘘だったら針千本でも飲むし百連勤でも何でもするぞ！」

「ヒャクレンキン……？　で、でも、そうですか……新浜君がそう言ってくれるのなら……はい、信じます」

言って、紫条院さんはよろよろと立ち上がった。

羞恥による精神的ダメージは未だに残留しているようで頬は赤いままだが、少なくとも一応の区切りはついたらしい。

「うう、すみません……避けるような真似をして謝るのは私の方なのに、逆にフォローしてもらって……。今日はただひたすらに拗《す》ねた子どもみたいに面倒臭かったですね私……」

紫条院さんはそう言うが、様々なタイプの『面倒臭い人』を知っている俺としては今日も紫条院さんはいつも通り可愛いとしか言いようがない。

「でも……おかげですっきりしました。今ようやくわかりましたけど……私ってあんな醜態見せてしまって、新浜君に嫌われていないか怖かったんですね」

いつもの調子を取り戻して微笑む紫条院さんが、俺の前へと一歩距離を詰めた。

飲酒は純然たる事故だったが、それは図らずとも飲み会の効能——リラックス状態での交流により心理的な接近がもたらされたように思える。

「その、恥ずかしいですけど……確かにあの時に言った事は全部本音です。新浜君はいつも私にとってても気遣ってくれていますけど……もう少し友達っぽく気安く話したっていいんですよ？」

「あ、ああ……その、努力する」

おずおずとそう言ってくる紫条院さんの可愛さにどう反応してよいかわからず、詰まった声でようやくそう返事する。

さっきまで羞恥で縮こまっていたのはあっちだったのに、今は俺の方がドギマギしているのは何故なのか。

「こんな私ですけど——これからもよろしくお願いしますね心、一、郎君」

「——っ⁉」

耳元で囁《ささや》くように呼ばれた自分の名前に、目を見開いてしまう。

見れば、紫条院さんは傍らで穏やかに微笑んでいた。

ただ真摯《しんし》な好意だけを込めて俺の名前を口にした少女の顔は、あの海での一幕は本心からのものだと語るように、少しだけ照れくさそうで——けれど自分が口の上で転がした響

きを好ましく思うかのように、静かな笑みが浮かんでいる。

（ああ、そっか、そうだったな……）

好意を示す事に躊躇《ためら》いがないのがこの天然お嬢様の持ち味だったな。

俺としては、あの浜辺での事はお酒がもたらした一時の事だと思っていたけど……。

「あ、う……その、まあ、俺こそ……」

暑気が少しだけ和らいだ空の下で、俺はあの時と同じく言《い》い淀《よど》む。

俺は紫条院さんと違って煩悩が大きい……つまり恋愛を意識しまくっているため、その一言は簡単には出てこない。

けれど──紫条院さんとの関係をステップアップさせたいという願いが、気持ちに勢いをもたらしてくれた。

「……その、俺こそ……」

紫条院さんが口を開く俺を見ている。

その瞳に少なからず期待の色が見えているのは……俺の勘違いでないと思いたい。

「俺こそ……これからもよろしくな。春華」

「……っ！　はいっ！」

目を輝かせた春華が力強く頷き、喜びも露わに満面の笑顔を咲かせた。

それは熱い夏の日に咲く向日葵《ひまわり》よりもなお綺麗《きれい》で活力に満ちていて——本当に眩《まばゆ》い太陽そのものの輝きだった。

あとがき

■3巻の壁を突破！

このたびは「陰キャだった俺の青春リベンジ」4巻をお買い上げ頂きありがとうございます！

なお、現在作者は猛烈に感動しております。何故ならば、作家デビューしてから商業作品で3巻を超えたのはこれが初めてなのですよ！

ラノベ業界には俗に「3巻の壁」と呼ばれるハードルが存在します。1〜3巻までは本を出せても打ち切りの憂き目に遭い4巻が出せない……そんな涙を呑《の》む作家達の嘆きから生まれた言葉ですね。

私も作家になってからかなり経ちますが、やはり3巻は壁でした。デビュー作が3巻で止まってしまった時の無念さと言ったら……。

しかしそんな私もようやくこの壁を突破し、無事4巻が刊行されました！　やったぜ！

■海回！

さて、３巻のあとがきで予告した通り、今回は海回です。

海回という事は水着なのです。つまり、イラストレーターのたん旦《たん》様に水着のヒロインズを描いて頂けるという事なのです……！

このあとがきを描いている段階ではまだ見られていませんが、今から楽しみでなりません。どこをイラスト化してもらおうかと編集担当様もウキウキで、作者もウハウハです。

自分の中で生まれた世界をイラスト化してもらえるのがラノベ作家の特権……！

やはり海回は正義なんやなって思います。

■１〜３巻全巻重版！
ＷＥＢ版を読んでいる方はご存じかもしれませんが、なんと本作書籍版１〜３巻が全巻重版しました！　いやっほおおおおおおおおお！

一応説明しておきますと、重版とは「刷った本が思ったより売れて足りなくなったからもっと刷る」という事です。

重版したらどうなるかというと……作家は自分の本が売れる上にお金が追加で入ってきて嬉《うれ》しい、出版社様は自社商品が売れて嬉しい、読者様にとっては読んでいる本の打ち切りが遠のいて嬉しい、というようにとても優しい世界が実現します。

重版とはその作品に関わる全員を幸せにする魔法の言葉なのです。

なお、陰リベ５巻以降も今回の重版を受けて打ち切りの気配が消えた模様です。

重版最高！　重版最高！　お前も重版最高と叫びなさい！

■コミカライズ版第１巻が発売中です！
刊行スケジュールに狂いがなければ、本作のコミカライズ版（月刊コンプエース様で連載中）の単行本第１巻が五月下旬に発売されております！

自分の作品がコミカライズされて雑誌掲載となった時も嬉しかったですが、単行本になるのも本当に喜ばしいです！　担当の伊勢海老《いせえび》ボイル先生には原作に忠実に描いて頂いており、実に感謝です。

漫画の中で息づく春華《はるか》や香奈子《かなこ》がとても可愛いです！　是非お手にとってください！

■謝辞
スニーカー文庫担当編集の兄部様。いつもありがとうございます。陰リベのラスト構想プロットを三万字も送りつけてごめんなさい。

イラストレーターのたん旦様。いつも美しすぎるイラストをありがとうございます。この4巻はたん旦様のイラスト化を妄想しながら描いてました。

コミカライズ担当の伊勢海老ボイル様。単行本作業お疲れ様でした。いつもネーム段階であれこれと修正のお願いをして申し訳ないです。

そして、重版という結果が出るまで本作を買い支えて頂いた読者の皆様には……いや、もう本当に、何とお礼を言ったらいいかわかりません。

本作はコアなファン層が多く、そのため通常ではあり得ない売れ伸びをしたとのことです。つまり、誇張でも何でもなく皆様がこの作品を救ってくれたのです。

本当に、本当にありがとうございます。

■ではまた5巻で！
5巻ではちょっとだけ仲が前に進んだ心一郎《しんいちろう》と春華の甘い絡みが多い巻となるでしょう。

どうかお楽しみに！

慶《けい》野《の》　由《ゆう》志《じ》

陰《いん》キャだった俺《おれ》の青春《せいしゅん》リベンジ4
天使《てんし》すぎるあの娘《こ》と歩《あゆ》むReライフ

著　慶野由志《けいのゆうじ》

角川スニーカー文庫　23682

2023年6月1日　初版発行
2023年10月30日　3版発行

発行者　山下直久

発　行　株式会社KADOKAWA
〒102-8177 東京都千代田区富士見2-13-3
電話　0570-002-301（ナビダイヤル）

印刷所　株式会社KADOKAWA
製本所　株式会社KADOKAWA

Printed in Japan　ISBN 978-4-04-113739-0　C0193

★ご意見、ご感想をお送りください★
〒102-8177 東京都千代田区富士見 2-13-3
株式会社KADOKAWA　角川スニーカー文庫編集部気付
「慶野由志」先生
「たん旦」先生

角川文庫発刊に際して

角川源義

第二次世界大戦の敗北は、軍事力の敗北であった以上に、私たちの若い文化力の敗退であった。私たちの文化が戦争に対して如何に無力であり、単なるあだ花に過ぎなかったかを、私たちは身を以て体験し痛感した。西洋近代文化の摂取にとって、明治以後八十年の歳月は決して短かすぎたとは言えない。にもかかわらず、近代文化の伝統を確立し、自由な批判と柔軟な良識に富む文化層として自らを形成することに私たちは失敗して来た。そしてこれは、各層への文化の普及滲透を任務とする出版人の責任でもあった。

一九四五年以来、私たちは再び振出しに戻り、第一歩から踏み出すことを余儀なくされた。これは大きな不幸ではあるが、反面、これまでの混沌・未熟・歪曲の中にあった我が国の文化に秩序と確たる基礎を齎らすためには絶好の機会でもある。角川書店は、このような祖国の文化的危機にあたり、微力をも顧みず再建の礎石たるべき抱負と決意とをもって出発したが、ここに創立以来の念願を果すべく角川文庫を発刊する。これまで刊行されたあらゆる全集叢書文庫類の長所と短所とを検討し、古今東西の不朽の典籍を、良心的編集のもとに、廉価に、そして書架にふさわしい美本として、多くのひとびとに提供しようとする。しかし私たちは徒らに百科全書的な知識のジレッタントを作ることを目的とせず、あくまで祖国の文化に秩序と再建への道を示し、この文庫を角川書店の栄ある事業として、今後永久に継続発展せしめ、学芸と教養との殿堂として大成せんことを期したい。多くの読書子の愛情ある忠言と支持とによって、この希望と抱負とを完遂せしめられんことを願う。

一九四九年五月三日

陰キャだった
俺の
青春リベンジ
天使すぎる
あの娘《こ》と歩む
Re ライフ
漫画 伊勢海老ボイル
キャラクター原案 たん旦
原作 慶野由志
コンプエースより
コミカライズ版 第1巻
大好評発売中!!
※2023年6月現在の情報です
発行：株式会社KADOKAWA
Kadokawa Comics A
KADOKAWA

浮気していた彼女を振った後、
学園一の美少女にお持ち帰り
されました
著：マキダノリヤ イラスト：桜ひより
Makida Noriya + Sakura Hiyori
今更謝ってももう遅い――
だって彼はもう私の彼氏です
1巻
発売
即重版!!
最愛の彼女の浮気現場を目撃してしまった。失意のまま連れて行かれた合コン会場で不意に唇を奪われて……「あなたがフリーになったら必ず私のものにすると決めていた」と迫ってくるのは学園一の美少女・双葉怜奈!?
スニーカー文庫

女友達は頼めば意外とヤらせてくれる
Onna Tomodachi ha Tanomeba Igai to Yarasete kureru
あたしはカノジョじゃなくて──
友達、なんだからね？
鏡 遊 Yuu Kagami
画 小森くづゆ
1巻発売即重版!!
インドア陰キャ男子高校生の湊。リア充陽キャの葉月。正反対でありながら毎日遊び回るうちに親友となった二人。あるとき、湊が土下座して「一度でいいからヤらせてくれ!」とお願いしたらあっさりとOKされて……。

スニーカー文庫

君の紡ぐ物語で
世界を変えよう。
第29回
スニーカー大賞
作品募集中!
大賞 300万円
+コミカライズ確約
金賞 100万円
銀賞 50万円
特別賞 10万円
締切必達!
前期締切
2023年3月末日
後期締切
2023年9月末日
詳細は
ザスニWEBへ
https:/kdq.jp/s-award
イラスト／左